마리 오 정원

마리 오 정원

마리 오 정원

채현선 소설

자음과모음

차례

숨은 빛

"우리 소피아 하우스에 머무는 사람은 배고픔으로 하루를 시작
하지 않아요."

할머니가 방문을 열어 보이며 말했다. 머리가 불붙은 사자 갈기
처럼 북슬북슬한 흑인 남자는 복도에 선 채로 목을 길게 빼고 방
안을 훑어보았다. 남자의 엉덩이가 이스트를 넣은 빵 반죽처럼 둥
글둥글했다.

"걱정 말아요."

할머니가 한껏 부드러운 미소를 지었다. 남자는 흰자위가 정말
새하얘서 잔뜩 겁을 집어먹은 것처럼 보였다. 붉은 머리카락을 손
가락으로 쓸어내리던 남자는 한참 동안 복도에 서 있기만 했고, 등
에 멘 가방을 추어올릴 때마다 큰 소리로 재채기를 해댔다. 푸른

복도를 가르던 한 줄기 먼지 섞인 햇살이 잠시 일렁였다.

"그게 누구든."

할머니가 말했다.

"여기, 어디든?"

흑인 남자가 물었다. 할머니 뒤에 서 있던 나는 풋, 웃었다. 할머니가 나를 흘겨보더니 남자의 어깨를 다독였다. 이어 혹시 배가 고프면 언제라도 냉장고나 주방에 있는 음식들을 꺼내 먹으라는 말을 덧붙이며 조그맣게 웃었다.

대부분의 여행객, 그러니까 우리 집을 거쳐 가는 수많은 이방인은 소피아 할머니의 이런 매뉴얼 멘트에 대번 마음을 빼앗기고 만다. 따뜻한 그녀의 말과 푸근한 몸매와 웃음에 자신도 모르게 출렁, 했다는 고백을 들은 게 한두 번이 아니었다. 그토록 그리워하던 엄마의 물렁물렁하고 늙은 가슴이 눈앞을 스쳐갔다거나, 하염없이 흘러내리는 게 땀인 줄 알았는데 나중에 보니 눈물이었다는 전설 같은 이야기도 있다. '사랑하는 감동 소피아' 이렇게 소름 돋는 첫 문장으로 시작하는 엽서가 날아온 적도 있었다. '내 생애 마지막 키스를 소피아에게'라는 목소리가 담긴 카세트테이프를 받고서 괴상한 소리로 커다랗게 웃던 할머니를 떠올리면 지금도 손가락이 오그라들곤 한다.

"미안. 이만큼, 나, 돈 많이 없어요."

흑인 남자가 순하게 눈을 끔벅거리며 말했다. 나는 고개를 저으며 길게 한숨을 내쉬었다.

"지금 당신과 내게 그런 건 중요하지 않아. 우리가 만났다는 사실만 있을 뿐이지."

할머니와 흑인 남자는 반짝거리는 눈으로 서로를 바라보았다. 그대로 두었다간 둘 사이에 별 무더기가 쏟아져 내릴 것 같았다.

"어머, 여기까지."

나는 두 사람 사이로 파고들며 말했다. 할머니가 어깨를 으쓱해 보였다.

"그림 딱 좋았는데."

"알아듣지도 못할 텐데 뭔 말을 그렇게 길게 하우? 어차피 또 방을 내줄 거면서."

내 말에 소피아 할머니는 습관대로 어깨를 으쓱해 보였다. 할머니의 긴 속눈썹 끝에 창문으로 스며든 햇살이 뿌옇게 내려앉았다.

이로써 소피아 하우스의 식구가 한 사람 늘었다. 나는 이대로 가다간 모두 망하거나 비참하게 굶어 죽을지도 모른다고 생각했다. 냉장고는 이미 텅 비어 있었다. 문이 열리자 늙은 냉장고가 기침을 하듯 쿨럭, 냉기를 쏟아냈다.

"감기 걸린 소피아 할멈 같은 이런 냉장고 따위."

나는 냉장고 문을 발로 걷어차며 중얼거렸다. 내 발길질에 커다란 냉장고가 다시 쿨럭이는 기침 소리를 내더니 윙 돌아가기 시작했다.

"또 한 번 내 앞을 지나가봐라. 쇠꼬챙이로 똥구멍에서 머리통까지 단박에 꿰어줄 테다. 주르륵 걸린 네 등뼈를 흔들며 나는 노래를 부르겠지. 오, 미약한 바람에도 흔들리는 심장을, 작고 볼품없는 너의 심장을 단단히 움켜쥐고 한 입 한 입 베어 먹어줄 테다."

내 이름은 푸엘라. 키와 몸무게는 노코멘트. 성숙한 존재라면 누구나 비밀쯤은 있기 마련이니까. 불행하게도 이미 내겐 비밀이 수만 개나 된다. 그 누구에게도 밝힐 수 없는 개인적이고도 불명확한 좌절 같은 것들. 그건 내가 고뇌하는 존재이기에 생기는 문제라고 생각한다.

"아 씨, 하라고, 조용히. 이 된장 먹을 새끼야, 빨라서."

서툰 한국말로 저렇게 악을 쓰는 건 토마스 아저씨. 테라스에 나가 똥구멍에 쇠꼬챙이를 꿰겠다고 시답잖은 연극 대사를 큰 소리로 읊어대고 있는 건 쎄르쥬 아저씨. 우리 집의 아침은 조금 소란스럽게 시작된다. 정말 지겨운 일상이다. 오, 그렇다고 내가 이곳을 진심으로 지겨워하는 건 아니다. 살다 보면 별일이 콩 튀듯 한다는 소피아 할머니 말을 따라 한 것뿐이니까. 그녀는 누구를 대하든, 무슨 일이 생기든 이렇게 말하곤 한다.

"정말 지겨워."

하지만 그 순간의 할머니를 본다면 아무도 그게 진심으로 하는 말이라고 생각하진 않을 것이다. 눈이 반달처럼 휘어지고 입가에는 미소가 가득한 표정이었으니까. 그럴 때의 할머니는 정글에서 마법의 묘약 한 방울을 찾은 커다란 곰처럼 보였다. 나는 할머니의 지겹다는 말을 정말 행복해, 라고 듣곤 한다. 행복하다고 느끼는 건 얼마나 낭만적인 일인지. 몸 전체가 따뜻한 수증기로 가득 차오르는 것 같은 느낌, 나는 그 느낌이 세상에서 가장 멋지다고 생각한다.

“정말 지겨워. 자, 자, 다들 나오라니까.”

할머니가 마당에 서서 소리를 질렀다. 소피아 하우스의 진짜 아침이 시작된 것이다. 나는 창문을 열고 마당을 내려다보았다.

“늑장을 부리는 놈들은 엉덩이를 팡팡 두들겨줄 테다.”

할머니가 단단한 쇠파이프 같은 손을 허리에 얹고 떡하니 서 있는 게 보였다. 그녀의 하얀 정수리 위로 옅은 햇살이 쏟아져 내렸다. 이건 일종의 본능 같은 건데, 소피아 여사에게 엉덩이를 맡기는 건 별로 낭만적인 일이 아닐 것이다. 백과사전처럼 두툼한 손을 보면 누구나 주춤, 그 자리에 멈춰 서고 말 테니까.

아침 운동이 시작되었다. 모두 미처 눈을 뜨지도 못한 채 할머니의 구령에 따라 흐느적거리고 있었다. 마치 무덤에서 방금 깨어난 좀비들 같았다. 나는 그 모습을 바라보며 손바닥으로 입을 가리고 쿡쿡 웃음을 터뜨렸다.

“푸엘라, 어디 있는 게냐?”

할머니가 집 쪽을 향해 소리쳤다. 나는 창문 밖으로 손을 흔들었다. 정말 이럴 때는 더욱 작아져서 외투 주머니에라도 들어가고 싶은 심정이다. 색색의 단풍잎 같은 이방인들 사이에 섞여 좀비처럼 몸을 흐느적거리는 건 정말 낭만적이지 않은 장면이다. 차라리 울면서 빗속을 달리는 게 더 낫다. 차라리 깜깜한 밤, 별처럼 소리 없이 빛나는 쓸쓸한 도시를 내려다보는 게 더 낫다. 차라리 벼룩시장에 내가 두번째로 아끼는 분홍 스웨터를 헐값에 넘겨버리는 게 더 낫다. 차라리 내가 세번째로 아끼는 스무 번도 넘게 본 소설책들을 무식한 강아지 타미에게 넘겨주는 게 더 낫다. 차라리 온몸이 터질 것 같은 진동이 느껴질 때까지 큰 소리로 아무렇게나 노래를 부르는 게 더 낫다. 차라리 소피아 할머니가 차린 저녁 식탁을 포기하는 게 더 낫다. 차라리 나침반이 망가져 내가 어디로 가는지 모른 채 표류하는 게 더 낫다. 차라리 시간이 아주 느리게 흘러서 내 몸 위로 뽀얗게 먼지가 쌓이는 게 더 낫다. 차라리 커튼을 걷으면 커다란 어른으로 변한 무시무시한 내가 서 있는 게 더 낫다.

정말 세계의 어떤 일도 이방인들과 함께 좀비처럼 춤추는 모습보다 우스꽝스럽진 않을 것이다. 하지만 소피아 할머니를 절대 이길 수는 없다. 나는 아주 천천히 할머니가 손뜨개로 만들어준 보풀 일어난 분홍 스웨터를 입었다. 분명 그건 어쩔 수 없이 인정해야 하는 일 중의 하나였다.

스페인에서 나고 자란 소피아 할머니가 한국에 온 것은 오래전의 일이었다. 가슴에 사무치는 사랑 때문이었다나. 그 얘기를 듣자

마자 사전을 찾아내 휘리릭 펼쳤다. 사무치다. 깊이 스며들거나 멀리까지 미치다. 한참을 들여다봤지만 사전에 적힌 것만으로는 알 수 없는 감정이었다. 나는 펼쳐놓은 페이지를 손가락으로 톡톡 건드리다 결국 사전을 덮었다. 그저 짐작으로 알 수밖에 없는 그런 것들이 세계에는 얼마나 많은 것일까.

그게 정확히 어떤 건지는 몰라도 왠지 서글프고 고독한 느낌의 말임은 분명했다. 할머니는 그 고독하게 사무치는 사랑 때문에 이방인을 선택했다. 할머니의 표현대로라면 천만 번 벼락 맞을 인간인 할아버지는 스페인에 파견된 용접 근로자였고, 그곳에서 스무 살 할머니와 불꽃 튀는 사랑에 빠졌다.

"내 눈알다구가 너처럼 꼭 그랬지."

할머니는 할아버지와 함께했던 사랑의 시간을 떠올릴 때마다 두 손을 꼭 쥐어 가슴에 모았다.

"눈동자가 아닐까나."

"너처럼 에메랄드빛이었어."

"저주받을 에메랄드빛."

내가 입을 삐죽거리며 말했다.

"언젠간 너도 그게 얼마나 아름다운 빛인지 알게 될 거야."

할머니가 말했다.

아무튼 할머니의 임신 소식과 함께 할아버지는 한국으로 귀환 통보를 받았다. 내가 먼저 가서 부모님께 허락을 받아놓을 테니 잠시만 기다려주오. 한 달 후에 꼭 데리러 오겠소. 할아버지는 그 말을 남겨두고 한국으로 돌아갔다. 물론 친절하게 자신의 주소와 전화번호를 적어주었고 약간의 돈을 남겼다. 전형적인 삼류소설처럼. 그 후로 다섯 달이 지났지만 할아버지는 돌아오지 않았다.

"푸엘라, 김푸엘라! 어디 있는 게냐?"

할머니 목소리가 쩌렁쩌렁하게 온 집 안에 울렸다. 어느새 푸르스름한 어둠이 이층 내 방 안까지 스며들어 있었다. 나는 얼마 전부터 노트에 쓰기 시작한 할머니의 역사를 손으로 쓸어내렸다. 작고 투명한 글씨들이 손가락 끝에서 꿈틀거리는 것 같았다.

볼록하게 배가 솟아 있던 스무 살 할머니는 스페인 가족과 눈물의 이별을 하고 한국행 비행기를 탔다. 배 속에서 작은 아기가 힘차게 움직이는 게 느껴졌고, 비행기 창밖으로 스쳐가는 뭉실뭉실한 구름이 손에 닿을 듯 가까웠다. 나는 이 부분에서 '푸른 구름'이라고 표현할지 말지를 잠시 망설였다. 비행기 안에서 바라보는 구름은 노을이 스며들어 노란빛으로 보일지도 모르겠다. 아니, 붉은 태양을 삼킨 빨간빛일 수도 있다. 아직까지 비행기에서 구름을 바라볼 수 있는 기회가 없었다는 게 안타까웠다.

"지금 나타나지 않으면 정말 엉덩이를 두들겨줄 테다."

할머니가 또 소리를 질렀다.

"오, 제발 조용히 좀 말해요. 정말 지겨운 소피아 할멈 같으니라고."

나는 펼쳐놓았던 노트를 덮으며 말했다. 할머니는 언제나 이렇게 중요한 순간에 불쑥 끼어들어 방해꾼 노릇을 했다.

소피아 할머니는 또 가든파티를 열었다. 가든파티라고 해봐야 키 작은 나무와 꽃을 심어놓은 소박한 정원에서 샐러드나 통밀빵을 곁들여 삼겹살과 김치를 구워 먹는 게 전부였지만.

정원으로 들어서자 불판에서 피어오른 하얀 연기가 코끝으로 달려들었다.

"소피아, 빨리빨리."

토마스 아저씨가 젓가락을 휘두르며 말했다. 간이 식탁에 둘러앉은 사람들이 각자 자기 나라 말로 왁자하게 떠들었다. 드문드문 서툰 영어나 한국말이 끼어들었다. 나는 쎄르쥬 아저씨의 빵빵한 볼을 손가락으로 찔렀다. 쎄르쥬 아저씨가 움찔하며 주위를 둘러보았다. 고개를 갸웃거리더니 상추 조각이 달라붙은 녹색 이를 드러내며 웃었다. 나는 인상을 찌푸리며 고개를 돌렸다.

불붙은 사자 갈기 머리를 한 흑인 남자의 이름은 얀이라고 했다.

"얀."

나는 조그맣게 그의 이름을 중얼거려보았다. 어쩐지 바람이 느껴지는 푸른빛의 이름 같았다. 얀은 몇 년 전 우리 소피아 하우스에 머물다 고국으로 돌아간 모리아 아저씨의 소개로 이곳에 찾아왔다고 소피아 할머니가 말했다. 이상하게 모리아 아저씨 얼굴이 가물가물했다. 얀처럼 머리카락이 북슬북슬했다는 것밖에 떠오르지 않았다. 할머니 말에 따르면 얀은 일 년 전부터 한 테마파크에서 민속공연 팀 일원으로 아코디언을 연주했는데, 얼마 전에 그만 두었다고 했다.

"왜?"

쎄르쥬 아저씨의 물음에 우적우적 상추쌈을 씹던 사람들 시선이 일제히 얀에게로 쏠렸다. 일순 주위가 조용해졌다.

"얀, 말 안 한다. 곤루하다."

얀이 빨개진 얼굴로 대답했다.

"곤란이겠지."

쎄르쥬 아저씨가 말했다. 나는 고개를 끄덕였다. 그를 이해한다는 뜻이었다. 누구나 비밀쯤은 있기 마련이니까. 말할 수 없는 것들로 넘쳐나는 게 성숙한 인간의 세계니까. 얀은 기어들어가는 목소리로 손짓 발짓을 섞어 겨우겨우 어떤 말을 했다. 사람들이 알아듣지 못하자 얀은 몇 번이고 같은 말과 행동을 반복했지만 역시 마찬가지였다.

"공연 팀 단장의 화가 풀릴 때까지 대기한다잖니."

주방에서 음식이 담긴 접시를 가지고 나오며 소피아 할머니가 말했다. 할머니는 그 어떤 나라의 말이라도 대충 알아들을 수 있었다. 맞는지 틀리는지 알 수 없지만, 할머니 말대로라면 그런 건 별로 중요하지 않았다. 어쨌든 통하면 되는 거였다.

할머니가 테이블에 접시를 내려놓았다. 이상한 것들이 섞인 볶음밥이었다. 쎄르쥬 아저씨가 울긋불긋한 볶음밥을 젓가락으로 뒤적거렸다. 땅콩과 치즈, 이름 모를 작은 열매들이 서로 뒤섞였다. 할머니는 매번 이렇게 어느 나라 음식인지 알 수 없는 음식들을 만들곤 했다. 문제는 무어라 이름 붙일 수 없는 정체 모를 음식의 맛을 절대 보장할 수 없다는 것이다. 어떤 때는 환상적인 맛이었다가, 어떤 때는 쳐다보기 싫을 정도로 이상한 맛이기도 했다. 대체 소피아 할머니는 왜 마구잡이 잡탕 음식을 만들어내는지 정말 알 수 없는 일이었다.

"오늘 쎄르쥬 부모님이 직접 만든 치즈를 보내왔지 뭐야. 물론 토마스 고향에서 보내온 육두구 열매를 곁들였지. 아주 환상적인 맛이야."

할머니 말이 끝나자 식탁에 둘러앉은 사람들이 포크와 수저를 들이댔다. 볶음밥에 코를 박고 킁킁거렸다. 뭐랄까, 이상야릇하게 알싸하고 맵고 고소한 맛이 날 것 같았다. 나는 할머니의 환상 볶음밥을 인정한다는 뜻으로 고개를 끄덕였다. 안을 바라보니 생각보다 입에 맞는지 만족스러운 웃음을 띠고 있었다.

순간 빗방울이 소피아 할머니 콧등으로 떨어졌다.

"망할."

소피아 할머니가 말했다. 흙먼지를 일으키며 빗방울이 쏟아져 내렸다. 매캐한 냄새가 코끝을 간질였다. 식탁에 모여 앉았던 사람들이 음식 접시를 들고 메뚜기처럼 뛰기 시작했다.

소피아 하우스의 모양을 설명하자면 이렇다. 서울 변두리 아무것도 없는 들판에, 떡하니 세워진 일곱 개의 방으로 이루어진 이층 건물. 한국의 숙소라면 반짝거리는 네온사인 간판쯤은 있을 법하지만, 그런 것은 눈 씻고 찾아봐도 없다.

"간판이라도 있으면 장사가 훨씬 잘될 텐데요."

여행자 중 한 사람이 소피아 하우스를 떠나기 전날 말했더랬다.

"간판 같은 건 개나 물어가라지."

할머니가 빳빳하게 고개를 쳐들며 대답했다. 말이 끝나자마자 무식한 강아지 타미가 할머니에게 다가와 꼬리를 흔들었다. 그 누구도, 세계에서 가장 힘이 세고 덩치가 몹시 큰 사람이 온다 해도 할머니의 어마어마한 고집을 이길 수 없을 것이다. 슈퍼 울트라 캡짱 파쇼 마피아 소피아니까.

온 세상에 깜깜한 어둠이 내려앉았다. 나는 할머니 방 문 앞에 섰다. 방에서 새어 나온 불빛이 푸른 복도를 가르고 있었다. 방문을 열자 할머니가 울퉁불퉁한 손가락으로 뜨개바늘을 바쁘게 움직이고 있는 게 보였다. 침대 옆 의자에 앉아 할머니를 바라보았다. 빨간색의 날실과 씨실이 만나는 곳에 할머니의 눈은 여전히 붙박여 있었다. 어쩌면 그녀의 손끝에서 만들어지고 있는 것은 길고 긴 머플러가 아닐까 생각했다. 바닥에 깔면 빈틈없이 메우고도 남을 부피였다. 나는 바닥에 펼쳐진 푸근하고 알록달록한 양털 머플러에 몸이 푹 파묻혀 버둥거리는 모습을 상상하며 잠시 어깨를 떨었다. 길게 심호흡을 했다. 할머니는 아침 운동을 해야 하는 건 모두 튼튼한 하루를 보내기 위해서라고 했다. 그러니까 내게도 심호흡을 하는 버릇은 일종의 준비운동 같은 것이었다.

비행기에서 내린 소피아 할머니에게 여름을 맞은 한국은 뜨겁고 매운 풍경으로 손을 흔들었다. 할아버지가 적어준 주소에 도착했지만 아무것도 없는 들판이 펼쳐져 있을 뿐이었다. 나무 한 그루, 흔한 들꽃도 없었다. 뜨겁고 매운 바람이 흙먼지를 일으키며 자꾸 불어왔다. 눈물이 쏟아졌다. 바닥에 주저앉았다. 모든 것이 메마르고 뜨거웠다. 어쩐 일인지 작은 나무 한 그루, 흔한 풀 한 포기, 평범한 들꽃조차 없다는 사실이 더 야속했고 사무쳤다. 가방을 끌어안고 몇 시간 동안 울기만 했다.

그때였다. 통통, 누군가 할머니 배를 조심스럽게 노크했다.

'마마, 제발 힘을 내요. 살다 보면 별일이 콩 튀듯 하는 게 인생이란 과정이잖아요.'

배 속 아기가 말했다. 들릴 듯 말 듯 한 조그맣고 볼품없는 목소리였지만 소피아 할머니는 바닥에서 일어나 옷에 묻은 먼지를 툭툭 털었다. 이내 걷기 시작했다. 걷고 또 걸었다. 한참의 시간이 흘렀다. 어둠이 내려 공기는 서늘했지만 몹시 목이 탔다. 그때 눈앞에 커다란 그림자 하나가 서 있었다. 이층의 낡은 목조건물이 달빛에 드리운 그림자였다.

할머니가 뜨개질을 멈추더니 창문을 열어 밖을 내다보았다.

"뭐 하는 건데?"

"별과 달이 너무 좋아서."

할머니 눈동자에 반짝이는 달과 별빛이 가득했다.

"그날은 달이 꼭 네 눈알다구처럼 예뻤지."

"참나, 눈동자가 아닐까나?"

"아무튼."

나는 얼마 전부터 할머니의 역사를 탐색 중이다. 미로 같은 역사를 가진 할머니는 잘 나가다가도 감상에 빠져 매번 길을 헤매곤 했다. 정말 엉덩이라도 팡팡 두들겨주고 싶었다. 내가 할머니의 역사를 글로 남기겠다는데 제대로 협조를 해주지 않는 건 대체 무슨 심보인지 모르겠다.

"빠에야가 먹고 싶구나. 어찌나 환상적인 맛인지 꼭 천국에 있는 느낌이거든. 갓 구운 사과파이도 만만치 않아."

할머니가 말했다. 나도 모르게 윤기 흐르는 빠에야를 상상하며 침을 삼켰다. 달콤하고 매콤한 냄새가 콧등을 스쳐가는 것 같았다. 오, 방금 만들어낸 빠에야를 먹는다는 건 얼마나 낭만적인 일일까. 빠에야를 맛볼 수 없다는 건 내겐 분명 개인적이고도 불명확한 좌절이었다.

할머니는 아침부터 손빨래를 하기 시작했다. 십 년 된 세탁기가 드디어 고장이 나버렸다. 할머니는 점심때까지 빨래를 해야 했다.

늦은 오후가 되자 마당에 가득 널린 색색의 옷가지들이 바람에 작게 흔들거렸다. 빨랫줄에 걸린 토마스 아저씨의 작업복 바지가 흔들거렸다. 거리에서 팬터마임을 공연하는 쎄르쥬 아저씨가 입었던 빨간 재킷이 흔들거렸다. 얀의 티셔츠와 반바지가 흔들거렸다. 꽃무늬가 작게 박힌 삼각팬티가, 사각팬티와 러닝셔츠와 기다랗게 목을 늘인 양말들이, 누군가가 덮었을 자잘한 꽃무늬 이불과 베개들이 흔들거렸다.

나는 손가락으로 빨래를 건드리며 줄 사이사이를 누볐다. 누구 것인지는 모르겠지만 삼각팬티에 손이 닿자 얼굴이 뜨거워졌다. 손가락을 떼고 흙먼지를 일으키며 달리기 시작했다. 목조건물 주위의 들판은 얼마든지 넓었다.

할머니는 늘 우리 집에 묵는 사람들의 빨래를 도맡아 했다. 아무리 손사래 쳐도 등을 두들겨가며 빨랫거리를 빼앗아왔다. 셔츠의 달랑거리는 단추를 다시 달고 빳빳하게 다림질을 했다. 월급을 떼인 외국인들의 공장으로 쳐들어가 바닥에 누워 있었던 것도 한두 번이 아니었다. 날마다 파이나 빵을 구웠고 정체 모를 재료들을 섞어 음식을 만들었으며 예의 미소 가득한 얼굴로 손님들 앞에 내놓았다. 할머니는 복도와 방을 청소하느라 쉴 새 없이 몸을 움직였다. 흙바람이 이는 건물 주변에 둥그렇게 꽃밭을 만들고 나무를 심었다. 밤마다 방으로 찾아가 사람들의 이야기를 듣다가 강아지처럼 낑낑거리며 웃거나 목쉰 코끼리처럼 울기도 했다. 고국으로 돌아가는 외국인들에게 차비를 쥐여주느라 주머니가 텅텅 비는 건 말할 것도 없었다. 페트병 찍어내는 공장에서 일했던 필리핀 부부의 아기를 돌봐주느라 허리가 성할 날이 없었다. 방값이 밀려도 재촉하는 일이 없었고, 돈도 아주 조금만 받았다. 할머니는 늘 가난했다. 할머니는 내게 책에서도, 백과사전에서도 알아내지 못한 미스터리한 세계였다.

그 많은 빨래를 다 하더니 할머니는 기어이 병이 났다. 하루가 지나면 거뜬히 일어나는 슈퍼 울트라 마마였는데, 이번에는 상태가 꽤 심각했다. 일주일이나 꼼짝도 못하다니. 오, 가엾은 할머니는 강아지 타미가 배고플 때 내는 소리로 낑낑거렸다. 쎄르쥬와 토마스 아저씨도, 얀도 울적한 표정으로 복도를 오갔다.

"천만 번 벼락 맞을 인간. 김복수. 아디오스."

할머니가 눈을 감은 채 할아버지를 부르며 부르르 떨었다. 스페인어와 한국어가 섞인 헛소리를 한참 동안 해대더니 또 낑낑거렸다. 그런 일이 계속 반복됐다. 건물 안이 할머니의 신음 소리로 가득했다.

아침을 준비하기 위해 주방에 들어간 토마스 아저씨가 요리를 완성할 때마다 적어놓은 할머니의 레시피북을 찬찬히 들여다보았다. 나는 토마스 아저씨 옆으로 다가가 레시피북을 보았다. 작은 글씨들과 완성된 음식을 그려놓은 어설픈 그림들이 가득했다.

나는 한참 후에야 할머니가 만든 레시피북에는 한 가지 이상한 점이 있다는 걸 발견했다. 요리 방법과 필요한 재료들이 세밀하게 적혀 있었지만, 제일 중요하다고 생각되는 음식 이름이 없었다. 만들기 전에는 그것이 어떤 음식인지 알 수 없었다. 얀이 주방으로 들어오더니 팔을 걷어붙였다.

"뭐야, 멍청이 요리."

토마스 아저씨가 말했다. 나는 두 손을 겨드랑이에 밀어 넣으며 쿡쿡 웃었다.

그들은 다시 레시피북의 페이지를 넘기기 시작했다. 분명 겉절이 같은데 레시피 마지막에는 치즈를 얹어야 한다고 적혀 있었다. 도대체 샐러드 위에 인도식 커리 가루를 끼얹는 건 또 뭐람. 으악, 버터를 바른 애플파이에 깻잎이라니. 느닷없이 이것도 섞고 저것도 섞지만 결국 하나의 또 다른 요리가 완성된다는 식의 레시피였다.

얀과 토마스 아저씨는 냉장고에 있는 것들을 모두 꺼내놓고 요리를 하기 시작했다. 그릇 달그락거리는 소리와 스며든 햇살과 간간이 섞이는 웃음소리가 주방 안을 둥둥 떠다녔다. 레시피를 따라가다 보면 엉뚱하게도 향신료를 넣은 된장찌개나 특이한 모양의 작은 열매를 곁들인 소시지 볶음 같은 게 나왔고, 파스타를 잔뜩 넣은 중국식 만두가 완성되기도 했다. 실패에 대한 두려움보다는 무슨 요리가 기다리고 있을까, 라는 기대감을 갖게 하는 특이한 방식이었다. 할머니의 레시피는 결국 하나로 완성되는 독특한 세계였다. 그것은 맞대어 부딪는 마찰이라기보다는 부드럽게 빚어진 우윳빛 섞임처럼 느껴졌다. 할머니는 어울리지 않을 것 같은 재료들을 한데 섞거나, 무언가를 덧대어 예상할 수 없는 맛을 만들어내는 사람이었다. 그녀는 또 다른 세계의 요리를 생산하는 일종의 조립자 같았다.

"할머니?"

나는 할머니를 불렀다. 몸속의 기운이 약해져 나는 몇 번이나 심호흡을 해야 했다. 내 목소리에 간신히 눈을 뜬 할머니가 조그맣게 웃었다.

"너희 할아버지 꿈을 또 꾸었구나."

소피아 할머니가 침대에서 몸을 반쯤 일으켰다. 숨을 내쉴 때마다 휘파람 소리가 섞여 나왔다. 침대맡에는 조금 전에 토마스 아저씨가 가져다 놓은 음식 접시가 놓여 있었다. 레시피를 따라 만든 향신료 열매 샐러드와 파스타가 가득 들어간 중국식 만두였다.

"할아버지에게 또 벼락을 때렸어요?"

"그랬지."

"슬펐겠다."

왠지 할아버지보다는 오히려 사랑의 벼락을 때리는 소피아 할머니가 매번 더 아팠을 거라는 생각이 들었다. 위안이나 희망, 그리고 미움이라는 모든 보물들은 순결하지만 또한 번번이 상처받는 마음속에 간직되어 있을 것이다. 사랑이 많은 마음엔 그만큼 슬

품도 많지 않을까.

"천만번째 벼락이었어. 이제야 끝났지 뭐니."

"뭐가?"

"벼락 말이야."

할머니가 음식 접시를 끌어당기며 말했다. 흰머리가 섞인 긴 머리카락들이 아무렇게나 헝클어져 있었다.

"냉장고가 또 비었겠구나."

"한두 번도 아닌데 새삼스럽게 뭘."

할머니가 티슈로 입을 닦았다. 순식간에 십 년의 시간이 할머니를 지나쳐간 것 같았다. 그녀는 흙먼지 섞인 바람이 불어오는 들판의 늙은 사자처럼 힘들어 보였다.

"가까이 오렴. 나는 네가 발걸음 소리를 내지 않고 다가오는 게 정말 마음에 들어. 처음 너를 본 날도 그랬더랬지."

스무 살 소피아 할머니는 어둠 속의 목조건물 속으로 들어갔다. 실내엔 온통 뿌연 먼지가 쌓여 있었다. 그녀는 배 속 아기를 감싸 안듯 구석에 몸을 웅크리고 누웠다. 어둠 속에서 자장가를 불렀고 자기의 노랫소리에 곧 잠이 들었다. 조용하고도 조용한 밤이었다.

그날, 버려진 건물에서 할머니의 진짜 인생이 시작되었다. 구석구석 청소를 하고 떨어져 나간 나뭇조각을 바로잡아 못질을 했으며 하루 종일 거미줄을 걷었다.

"희망을 버리지 않는 게 중요했지. 그 순간에 내가 믿을 수 있는 건 기다림뿐이었어."

"다시 스페인으로 돌아갈 수도 있었잖아."

"기다렸다니까. 어디에 있든 곤란한 건 마찬가지였을 테니까."

할머니의 막무가내 예상대로 건물 주인은 나타나지 않았다. 아무도 버려진 건물로 찾아오지 않았다. 아무도 소피아 할머니를 알지 못했다. 할머니는 작게 움직였다. 어둠이 내린 밤 달빛을 받으며 수십 개의 불빛이 일렁이는 마을로 갔다. 어둠 속에서 소피아 할머니를 처음 본 사람들은 비명을 지르며 달아나거나 돌을 던지기도 했다. 그들에게 할머니는 배가 볼록하게 튀어나온 외계인이었다.

"모두가 그랬던 것만은 아니야. 내 손을 잡아끌어 먹을 것을 내어주던 사람도 있었거든. 마을에 단 하나밖에 없던 빵집 주인 여자는 장사를 끝내고 남은 빵을 한 아름 싸주기도 했으니까. 나는 그 손이 가진 온기를 아직도 기억해. 내게 그건 몹시 중요한 온기였거든. 어둠 속의 빛처럼 말이야."

소피아 할머니는 스페인에서 가져온 돈으로 빵과 물을 사와 조금씩만 먹으며 하루하루를 보냈다. 절망이 온몸을 휘감았지만 그녀에게 기다림은 버리지 못한 사무치는 사랑이었다. 인간에겐 설명하지 못할 것들이 있는 거라고, 자신도 어쩔 수 없는 무언가가 있는 거라고 믿었다. 번지수까지 정확한 주소가 그걸 말해주고 있는 거라고, 분명 피치 못하게 거짓말이 되는 세계가 있기 때문일 거라고 생각했다.

　사람들에게 소피아 할머니의 존재를 알린 건 느닷없이 창문으로 날아온 돌멩이 하나였다. 작은 꼬마가 경찰과 함께 찾아왔다. 아무 데나 상습적으로 돌을 던지다 잡혔다는 소년은 아주 작은 체구에 눈망울이 새카맸다. 할머니는 소년의 반질반질한 때 묻은 소매를 한참 동안 내려다보기만 했다. 손짓 발짓으로 상황을 설명하던 경찰관은 며칠 뒤 늙은 외국인 남자를 데리고 다시 찾아왔다. 그는 건물 주인이었다.

　"자, 오늘은 어떤 맛이 기다리고 있을까나."

　소피아 할머니가 오븐에서 초콜릿을 가득 얹은 마그다비스킷을 꺼내며 말했다. 목소리가 어찌나 큰지 온몸이 흔들릴 정도였다. 일시적 체력방전증후군을 앓던 소피아 여사의 늙은 사자 같은 모습은 찾아볼 수 없었다. 웃을 때마다 입술 옆에 일부러 찍어 넣은 까만 점이 함께 실룩거렸다.

　나는 팬에 가지런하게 놓인 비스킷을 집었다. 갓 구워진 과자의 부드럽고 뜨거운 기운이 손끝에 느껴졌다. 이렇게 무언가를 만지고 느낄 수 있게 된 것은 최근의 일이었다. 그래서 어떤 것을 간절한 마음으로 반복하다 보면 그게 실현되기도 한다는 걸 알게 되었다. 물론 항상 그런 건 아니었다. 믿을 수 없을 만큼 깜짝 놀랄 예외란 것도 있는 거니까. 뜨거운 마그다비스킷을 한입 베어 물었다.

또 엉뚱한 재료를 섞은 모양이었다. 오늘은 말로 설명할 수 없을
정도로 황당한 맛이었다. 나는 입안의 비스킷을 꿀꺽 삼켰다.

"맛이 아주 바닥이구먼."

소피아 할머니가 나를 흘겨보았다. 나는 입술을 길게 늘이며 웃
었다.

쎄르쥬 아저씨가 눈에 시퍼렇게 멍이 든 채로 나타났다.

"뭐야, 그 눈알다구는?"

할머니가 눈을 커다랗게 뜨고 쎄르쥬 아저씨에게 물었다. 자세
히 보니 입술 주위에도 피멍이 들어 있었다. 장난감 공장에서 부품
을 조립하는 쎄르쥬 아저씨는 일주일에 한 번 거리에서 팬터마임
을 공연하고 있었다. 그는 지나가던 사람들에게 집단 구타를 당했
다는 말을 퍼런 눈으로 더듬더듬 설명했다.

"나, 외계인. 병신 외계인은 물러가라."

"명태 대가리 같은 놈들. 조금만 자리를 내어주면 되는 거잖아."

소피아 할머니가 말했다. 간단했다. 할머니에겐 조금만 자세를
바꾸면 충분히 내어줄 수 있는 것들이었다. 그녀에게 그것은 방귀
를 뀌기 위해 살짝 엉덩이를 들어 올리는 일과 다르지 않았다. 잠
깐 몸을 웅크리면 좁지만 또 다른 누군가가 누울 수 있는 공간이
생겨나는, 동시에 시원하게 방귀를 뀔 수 있거나, 추운 밤 온기를
유지할 수 있는 상큼하게 간단한 자세였다. 누군가에게 내어주고
도 큰 곤란을 겪지 않을 수 있다면, 사람들의 이해를 바랄 필요도

없이 그저 즐겁고 가볍게 들어 올리거나 웅크리면 되는 거였다.

경찰관과 말을 통역해줄 사람과 함께 찾아온 외국인 남자는 할머니에게 선뜻 목조건물을 내어주었다.

"이곳은 아내와 함께했던 시간이 스며들어 있는 곳입니다. 아내의 체취가 담긴 모든 것들을 견딜 수 없었습니다. 나는 앞으로도 견뎌낼 수 없다는 걸 알고 있습니다. 당신이 이곳을 지켜준다면, 그래서 이곳이 버려지지 않을 수 있다면 어디에 있든, 그곳이 어디든 나는 적어도 내게 남은 시간을 절망에 빠져 살아가지만은 않을 겁니다."

외국인 남자는 허리에 차고 있던 회중시계를 쓰다듬었다. 메마르고 긴 손가락들이 시계에 새겨진 문양을 하나하나 훑어가느라 느리게 움직였다. 할머니는 천천히 고개를 끄덕여 보였다. 외국인 남자는 아무런 대가 없이 자기 아내가 남긴 상당한 액수의 돈을 건넸다. 할머니는 흙먼지 이는 건물 주변에 꽃과 나무를 심었다. 그 후로 외국인 남자는 종종 각국의 여행객들을 보내왔다. 여행객들은 또 다른 여행객들을 보내왔다. 할머니는 깨끗하게 청소한 방을 내주었고, 그들이 건네는 고국의 재료들을 섞어 요리를 했다. 그들은 소피아 하우스를 떠나며 할머니의 요리에서 고향을 맛보았다 말했고 가볍게 손을 흔들었다. 간혹 어떤 사람들은 가던 걸음을 멈추거나 다시 되돌아와 이렇게 묻곤 했다. 소피아, 왜죠? 당신이 이렇게 살아갈 수 있는 이유가 뭐죠? 어떻게 이렇게 살 수 있게 된 거죠? 잔뜩 심각한 표정의 그들에 비해 소피아 할머니 대답은 깜짝 놀랄 만큼 간단했다. 그녀는 그냥 소리 없이 씨익, 웃었다.

할아버지인 김복수 씨가 찾아온 것은 태어난 아이가 세 살이 되던 해였다.

"당신이라면 이곳에 정말로 찾아올지도 모른다고 생각했어. 그래서 한 번만이라도 다시 볼 수 있을지 모른다고."

김복수 씨는 자기에겐 이미 두 아들과 아내가 있음을 고백했다.

"천만 번 벼락을 때린다면 신음 소리 한 번 내지 않고 받을게."

김복수 씨는 에메랄드빛 눈동자를 가진 남자아이의 머리카락을 쓸어내렸다. 할머니는 눈물을 흘렸다. 할머니는 주먹을 쥐었다. 할머니는 고개를 저었다. 할머니는 요리를 했다. 할머니는 김복수 씨를 위해 요리를 했다. 그것이 그와의 마지막 식사였다. 조용한 시간이었다.

"당장 가자고. 간단해. 방귀 뀌는 것보다 쉽다니까."

할머니가 주먹을 쥐었다.

"누군 줄 알고. 어디로 갈 건데?"

내가 말했다.

"아무튼."

할머니의 말에 쎄르쥬 아저씨가 고개를 갸웃거렸다.

"막무가내라니까."

나는 할머니 주위를 맴돌았다.

“아유, 정말 사나우니까 가만히 좀 있어.”

“정신 사나워가 아닐까나.”

내가 말했다. 쎄르쥬 아저씨가 퍼렇게 멍든 눈으로 할머니를 바라보며 다시 고개를 갸웃했다. 할머니는 쎄르쥬 아저씨의 만류로 불끈 쥐었던 주먹을 천천히 폈다. 마그다비스킷을 유리병에 넣고 물을 끓여 차를 우려냈다. 일층을 지나가는 사람이라면 누구라도 뜨거운 차를 쉽게 마실 수 있었다. 오늘의 마그다비스킷은 인기가 없을 것 같았다. 지독하게 맛없는 비스킷을 맛보는 건 정말 끔찍한 일이라고 생각할 게 뻔했다.

오후가 되자 소피아 할머니는 정원 의자에 앉아 시간을 보냈다. 햇살이 정수리 위로 쏟아져 내려 머리카락이 반짝거렸다. 할머니는 손님들을 챙기면서도 혼자 있는 시간을 중요하게 생각하는 사람이었다. 먼지를 털고 창문을 닦고 빨래를 하고 누군가가 서툰 음계로 연주하는 음악을 듣고 누군가의 곤란한 이야기를 다독거리고 레시피를 적고 누군가를 위해 요리를 하고 밤새 아픈 누군가의 곁을 지키고 목조건물 이곳저곳을 반짝거릴 때까지 청소하던 할머니가 유일하게 차분해지는 순간이 있다면 바로 지금일 것이다. 이때는 입가에 늘 미소를 띠고 있었다. 그 앞을 지나가는 사람들은 그런 그녀를 따라 자신도 모르게 미소를 지었다.

할머니는 사람들이 모두 외출을 하고 나면 미리 뿌려놓은 땅콩이나 건포도를 주워 먹으러 오는 새들이 지저귀는 소리, 널어놓은 빨래가 바람을 타고 살짝 펄럭이는 소리를 들으며 정원에 앉아 완벽하게 평화로운 티타임을 즐겼다. 얼굴에 미소를 띤 정원의 티타임은 할머니가 자기 자신에게 베푸는 일종의 휴식처럼 보였다. 할머니는 한참 동안 움직이지 않았다. 활짝 핀 꽃들을 한없이 바라보았다. 그리고 가끔 찻잔을 들어 차를 마시거나 비스킷을 베어 물 뿐이었다. 나는 바람을 따라 주위를 천천히 걸었다. 할머니가 바구니에서 뜨개실을 꺼냈다. 그녀가 시간을 엮어 뜬 기다란 머플러가 나를 감싸고, 집을 둥그렇게 감싸고, 더 길어져 온 마을을 감싸는 장면이 떠올랐다. 마지막에는 빨간 머플러 끝이 팔락팔락 바람을 타며 푸르고 알록달록한 지구를 감쌌다. 상상 속에서였지만 이제 지구에는 추위에 떠는 사람들이 없겠구나 싶어 자꾸 웃음이 나왔다.

"급하게 차를 우려 과자 하나 없이 재미없게 차를 마시는 건 정말 낭만적이지 못한 일이야."

할머니가 뜨개질을 멈추고 비스킷을 베어 물었다.

"푸엘라, 그렇지 않니?"

"쳇."

나는 할머니 머리카락을 살짝살짝 흔들며 콧방귀를 뀌었다. 그녀가 별 반응을 보이지 않자 조금 심심해졌다. 할머니는 늘 나에게 끊임없이 말을 쏟아놓는 사람이었다. 수없이 무언가를 묻고 반짝거리는 눈으로 수없는 대답을 기다렸다. 할머니는 그런 방식으로 자기의 모든 것들을 알려주었다. 나는 한시도 할머니 곁을 떠날 수가 없다. 할머니는 언제나 내가 곁에 머물길 바랐고, 보이지 않으면 주위를 둘러보며 내 존재를 찾았다. 나는 그녀의 둥지였고, 그녀는 나의 둥지였다.

한밤중 비명 소리가 들렸다. 그와 동시에 일층에 걸린 괘종시계가 세 번 울렸다. 동시에 건물 안을 떠돌던 공기가 기이하게 출렁였다. 동시에 바람이 창틀을 흔들며 지나갔다. 동시에 어느 곳의 방문이 삐걱거리는 소리를 내며 천천히 열렸다. 동시에 나는 복도로 튀어나갔다. 너무 빨리 움직여서 심장이 튀어나올 것처럼 온몸이 흔들렸다.

"고, 고스트."

얀이 복도에 멍청한 표정으로 서 있었다. 나는 그의 시선을 따라 고개를 돌렸다. 푸른 복도에 긴 그림자를 매달고 서 있는 것은 소피아 할머니였다. 쿡쿡, 웃음이 터져 나왔다. 틀니를 끼우고 진하진 않지만 세심한 손길이 느껴지는 화장을 하고 정갈하게 머리를 빗어 묶으면 오십대로 보이다가, 잠자리에 드는 순간엔 사정없이 망가지는 할머니와 마주친다면 누구라도 벌렁 나자빠지지 않을 수 없었다. 소피아 하우스에 묵는 손님들은 가끔, 풍덩한 하얀 원피스 잠옷에 둥글둥글한 몸통과는 어울리지 않게 앙상한 발목과 팔다리, 움푹 꺼진 볼, 어둠이 켜켜이 내려앉은 주름들, 마구 헝클

어진 머리카락으로 적막한 복도에 서 있는 할머니를 보고 안처럼
비명을 지르곤 했다.

"감동 소피아다. 얀, 멍청이."

토마스 아저씨가 양팔을 겨드랑이에 밀어 넣으며 말했다. 쎄르
쥬 아저씨가 길게 하품을 했다. 나는 스르륵 다가가 할머니 옆에
섰다. 커다랗게 늘어진 그림자 옆에 또 하나의 작은 그림자가 생겼
다. 열린 창문으로 상큼한 바람이 불어왔다.

"그, 그림자. 작은…… 그림자."

토마스 아저씨가 손으로 입을 틀어막았다. 우리를 바라보는 사
람들의 눈이 휘둥그레졌다. 유령을 본 표정들이었다. 나는 옅은 바
람을 타며 허공으로 튀어 올랐다.

"푸엘라, 그렇게 장난치면 정말 엉덩이를 두들겨줄 테야."

소피아 할머니가 말했다. 할머니 생각대로 나는 무엇이든 될 수
있었다.

에메랄드빛 눈동자를 가진 남자아이는 열병을 앓다 죽었다. 소
피아 할머니는 아이를 작은 정원에 묻었다. 이곳에서 그녀의 일상
은 변함없이 이어졌다. 남자아이는 푸른 식물과 꽃으로 자랐다. 해
마다 부드럽고 말랑말랑한 바람과 햇살이 아이의 몸을 다독였다.
그의 뿌리는 땅속 깊숙이 뻗어나갔고 줄기는 푸르고 단단해졌다.
멈추지 않았고 머뭇거리지도 않았다. 소피아 할머니에게 그것은
분명 견고한 성장이었다. 나는 할머니가 간직한 기억의 인자(因子)

였고 시간의 인자였으며 믿음의 인자였고 변함없이 이어질 수 있는 일상의 인자였다. 나는 새가 될 수도 꽃이 될 수도 바람이 될 수도 낡은 나무 창틀이 될 수도 있었다. 여러 겹의 빛을 품은 유리 조각이나 털이 북슬북슬한 작고 앙증맞은 고양이가 될 수도 있었다.

시간이 지날수록 할머니의 낭만적인 상상 속에서 남자아이는 자랐고 청년이 되었으며, 그가 피워낸 꽃은 작고 앙증맞은 손녀를 불꽃과 함께 밀어내었다.

내 이름은 푸엘라. 에메랄드빛 눈동자를 가진 고뇌하는 소녀. 키와 몸무게는 노코멘트. 성숙한 존재라면 누구나 비밀쯤은 있기 마련이니까. 불행하게도 이미 내겐 비밀이 수만 개나 된다. 그 누구에게도 밝힐 수 없는 개인적이고도 불명확한 좌절 같은 것들. 가령 할머니의 레시피가 만들어내는 음식을 모두 다 맛볼 수는 없다든지, 움직일 수 있는 물건이 몇 개 되지 않는다거나 엄지손톱보다 작아서 주의를 기울이지 않으면 아무나 내 모습을 볼 수 없다는 점, 그리고 할머니가 말해주지 않으면 알지 못하는 것들이 너무 많다는 사실은 분명 슬픈 일이니까. 하지만 할머니 생각대로 나는 무엇이든 될 수 있었다. 세계는 얼마든지 넓었다.

괘종시계가 새벽 네시를 알렸다. 토마스와 쎄르쥬, 그리고 얀이 커다란 소리로 비명을 지르며 뛰어다녔다. 그들이 본 게 무엇인지, 어떤 색깔의 빛을 발견했는지 나로서는 알 수 없었다. 하지만 자세히 보지 않으면 그게 빛인지도 모르고 지나칠 만큼 연약한 빛이 분

명 그들 안에서도 반짝거렸을 것이다. 거슬러 올라가보면 어느 곳
에선가 시작되었을 숨은 빛, 할머니가 그 속에서 스스로 나를 불러
내고 함께했듯 누구에게나 그런 고독한 절망의 역사는 있을 테니
까. 한밤중의 푸른 나무 복도가 쿵쾅쿵쾅 시끄럽게 울렸다. 오, 소
피아 하우스가 이렇게 소란스러운 건 얼마나 낭만적이지 못한 일
인지.

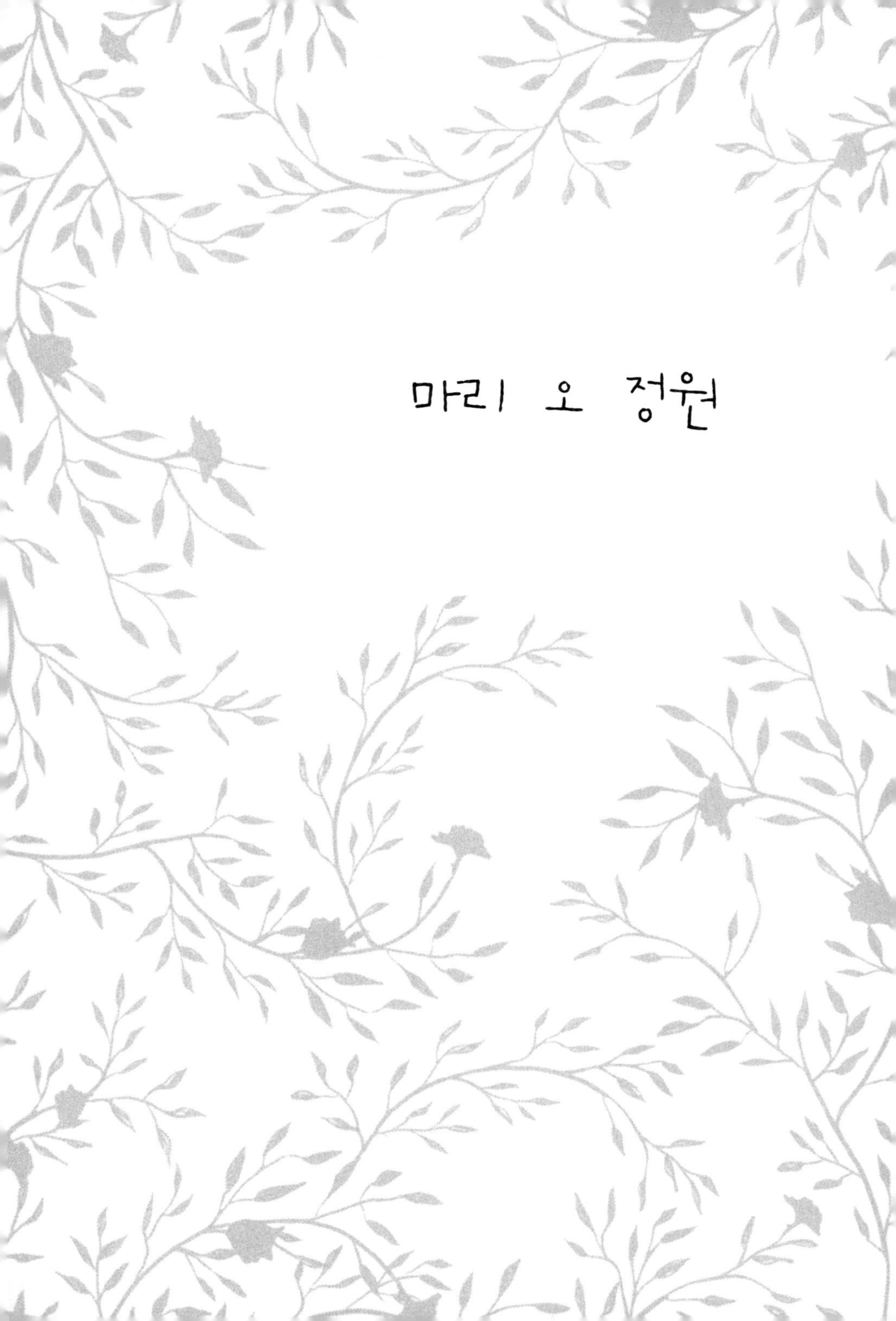

마리 오 정원

　묽은 어둠이 내린 하늘과 맞닿은 대나무 숲이 한 덩어리로 춤을 추었다. 바람이 스칠 때마다 웅크린 몸에 한기가 일었다. 여자가 말한 완만하고 좁다란 길을 왼쪽으로 끼고 돌아가자 ‘마리 오 정원’이라는 팻말이 보였다. 나는 잠시 멈춰 서서 크게 숨을 들이켰다. 습습한 숨 끝에 옅은 소나무 냄새가 배어 있었다.

　울타리가 없는 정원은 멀리서 보았던 것보다 넓었다. 누렇게 빛이 바랜 주위와는 다르게 푸름이 짙고 울울했다. 정원 입구에는 커다란 바오밥나무가 서 있었다. 언뜻 보면 뿌리가 거꾸로 하늘을 향해 있는 것 같은 모양새였다. 볼록한 몸통은 단단하고 매끈했고 반질반질한 윤기가 흘렀다.

　입구를 지나자 정원 중앙을 가로지르는 길이 보였다. 늦가을이었지만 정원 식물들은 한여름처럼 탄력 있었다. 물큰한 습기와 밀도 높은 밤공기의 흐름이 코끝을 스치고 지나갔다. 달빛을 받아 푸르스름한 빛에 둘러싸인 정원 나무들이 기이한 그림자를 만들어 냈다. 풀잎이 발등을 스치는 소리가 들렸다. 오래된 낙엽이 삭는 냄새와 젖은 풀 냄새가 뒤섞인 정원 한가운데로 들어서자 마음이 낮게 가라앉기 시작했다.

"이쪽이에요."

어디선가 여자의 목소리가 들렸다. 목소리를 좇아 사위를 훑었다. 길게 늘어뜨린 옷자락이 너울거리며 눈앞으로 다가왔다. 삼십 대 초반으로 보이는 여자는 상당한 미인이었다. 입가에 옅은 미소를 띤 여자가 돌아서서 걷기 시작했다. 발목에서 차랑거리는 검은 옷 밑으로 맨발이 드러나 있었다. 나는 맨발의 여자가 지나간 곳만 따라 디뎠다.

정원 끝에 위치한 주택 앞에서 여자가 손짓을 했다. 이런 외진 곳에 커다란 주택이 있다는 게 이상하기만 했다. 더군다나 기이한 분위기의 정원과 검은 옷을 입은 여자라니.

정말로 주술이 효과가 있었대. 하지만, 아무나 만날 수 있는 게 아니라던데. 내가 여기까지 찾아온 것은 친구에게서 들은 이야기 때문이었다. 어디까지가 진실이고 어디까지가 낭설인지는 알 수 없었다. 다만 모든 것은 내가 처한 필사적인 상황에서의 필사적인 선택이라 믿고 싶었다. 여자는 내가 직접 손으로 써 보낸 편지에

답장을 해왔다. 그와의 모든 일들이 적혀 있는 편지였다.

집 안으로 들어서자 식물원에 와 있다는 착각이 들 만큼 한쪽 벽면에 수십 종의 식물 화분과 크고 작은 묘목들이 즐비했다. 칸칸이 나뉜 선반 위 식물 대부분은 아직 꽃망울을 맺지 않았거나 작고 여린 싹만 틔운 상태였다. 모양도 각기 달랐다. 야생초 같은 식물이 태반이지만 개중에는 낯익은 선인장을 닮은 것도 있었다. 간간이 동화책에나 나올 듯한 기묘한 모양의 잎을 달고 있는 것도 보였다.

여자는 자신의 이름이 '마리'라고 했다. 나는 찻잔을 받아 들고 어색하게 웃었다. 투박한 도자기 잔에 담긴 차의 맛은 밋밋했지만 마음과는 다르게 내리 석 잔을 비웠다.

마리는 식물에 저주를 거는 시각이 새벽 한시에서 세시 사이라고 했다. 마리의 말이 먼 메아리처럼 귓바퀴에서 맴돌다 조용히 사라졌다. 나는 바닥에 시선을 둔 채 고개를 끄덕여 보였다. 제단에 피워진 향의 하얀 연기가 눈앞을 가렸다.

등에 닿은 바닥이 싸늘했다. 그는 그날 이후로 한 번도 나를 찾아오지 않았다. 그를 기다리는 시간은 늘 끝이 보이지 않는 어두운 골목길처럼 아득했다. 간간이 바람에 낙엽이 쓸리는 소리가 들렸다. 누운 채로 오피스텔 안을 천천히 둘러보았다. 옷가지들이 바닥에 아무렇게나 널려 있었다. 개수대 수도꼭지에서 떨어지는 물방울이 시계 초침 소리처럼 점점 커졌다.

자리에서 일어나 구석에 놓아둔 가방을 끌어당겼다. 차가움이 스며든 몸은 천천히, 그리고 둔하게 움직였다. 가방 속에서 까만 비닐봉지를 꺼냈다. 그의 물건들을 담아놓은 봉지였다. 봉지 끝이 좀처럼 풀리지 않아 힘을 줄 때마다 손톱 끝에 통증이 일었다. 단단히 여며놓았던 봉지 입구를 우악스럽게 찢었다. 안에 있던 것들이 바닥으로 쏟아져 나왔다. 물건들을 하나하나 훑어보았다. 그의 손톱을 잘라줄 때마다 모아두었던 작고 투명한 유리병이 굴러 저만큼 멀어졌다.

나는 그의 몸에서 떨어져 나온 것은 무엇이든 모아왔다. 베개에 묻은 머리카락과 잘라놓은 손톱, 셔츠에서 떨어진 투명한 단추, 안경을 닦은 천 조각, 한 개비만 남아 있는 담뱃갑과 라이터. 그 밖에 그가 나에게 주었던 몇 가지 물건들. 아주 작고 가볍고 그의 일부지만 정작 그 자신에게는 하찮은 것인지도 모를, 버린다 해도 전혀 아쉬워하지 않을 그런 것들이었다. 그동안의 시간이 남긴 나이테 같은 그의 흔적들을 상자에 넣었다.

벨이 울렸다. 소리가 나는 쪽으로 고개를 돌렸다. 자명종 시곗바늘은 밤 열두시를 가리키고 있었다. 무심코 시간이 흐르는 것을 목격할 때마다 목구멍에 따끔한 통증이 일었다.

그가 떠난 후, 감추어두었던 물건들을 하나씩 꺼내놓았다. 가장 먼저 꺼낸 것은 시계였다. 그와 함께 있을 때면 분침은 초침처럼 빠르게 움직였다. 시간을 가린다고 자신의 아내가 있는 집으로 그

가 돌아가지 않았던 건 아니었지만, 나는 그렇게라도 그를 붙잡고
싶었다.

그와의 모든 것은 시간으로부터 시작되었다. 첫 학기 수업이 끝
나갈 무렵 역사학 강사였던 그가 몇 시인지 물어왔지만 내 손목시
계는 멈추어 있었다. 언제 다시 시간을 물어올지 몰라 늘 신경 끝
이 손목시계에 닿아 있었다. 그는 다시 시간을 물어보지 않았다.
하지만 그날 이후 내 팔목 위의 시계가 멈추는 일은 없었다.

수업에 들어가면 항상 눈동자가 반짝반짝 빛나는 아이가 있는
거야. 나를 빛나는 눈으로, 그리고 그렇게 흐트러짐 없이 바라본
여자는 네가 처음일 거야.

침대에 엎드린 채로 그는 말했었다. 그리고 웃었다. 어린아이
같은 맑은 웃음이었다. 약간의 불안을 안은 행복에 취해 있던 나
는, 그것이 시간을 알려주기 위한 거였다고 말하지 않았다. 열린
문 사이로 달빛이 새어 들어왔다. 달빛에 그의 메마른 등뼈가 도
드라졌다. 나는 그를 열고 들어가, 온몸을 한 줄로 꿰는 하얀 등뼈
가 되고 싶다고 생각했다. 그가 손을 뻗어 내 머리카락을 뒤죽박
죽, 그러나 충분히 부드러운 손길로 쓰다듬었다. 그의 손가락이
만들어내는 기분 좋은 파동을 영원히 잃고 싶지 않았다. 나는 그
의 무방비한 몸짓이나 기분 변화를 나타내는 일그러진 표정들, 그
다지 세련되지 못한 몸짓 같은 것들을 모두 이해할 수 있었다. 그
런 생각을 할 때 나는 아주 진지했고, 그것이 내가 그를 사랑하는

방식이라 믿었다.

　마리와 했던 약속이 떠올랐다. 저주를 기원하는 시간이 다가오고 있었다. 서둘러 재킷을 걸치고 상자를 들었다. 그의 일부가 담긴 상자는 무게가 거의 느껴지지 않았다.

　풀벌레 소리가 밤의 고요함을 갈랐다. 마리는 상자 물건들 중 그의 손톱이 담긴 투명한 유리병을 집었다. 마리가 기다란 손가락으로 허공을 향해 유리병을 치켜들었다. 실내등 밑에서 손톱들이 한 덩어리로 모였다. 그와 처음 만났을 때부터 모아온 것이니 오 년이라는 시간이 유리병 속에 쌓여 있는 셈이었다.

　"좋군요. 이렇게 딱 들어맞는 것을 구하기란 쉽지 않은 일이죠."

　마리가 말했다. 딱 들어맞는다는 말이 갑자기 이물스러워 나는 작게 몸을 웅크렸다. 그에게 그런 존재가 되기 위해 조바심을 냈던 시간이 머릿속으로 스쳐갔다. 거리낌 없는 기억, 손끝에 남아 있는 솜털처럼 산뜻했던 몸의 감촉이 머릿속을 천천히 떠다녔다.

　마리는 지하실로 연결된 계단을 내려가 제습지에 둘둘 말린 것을 꺼내왔다. 제습지를 풀어 헤치자 사기로 된 화분이 드러났다. 마리가 화분을 어루만졌다. 손끝이 닿은 화분이 오묘한 청잣빛을 냈다. 화분을 커다란 탁자 위에 올려놓더니 밑바닥에 작은 알갱이의 부엽토를 넣고 검은흙을 덮었다. 능숙하게 움직이는 마리의 가늘고 메마른 손가락은 충분히 아름다웠다.

마리가 그의 손톱이 담긴 유리병을 집어 들자 심장이 빠르게 뛰기 시작했다. 마리가 나를 바라보았고, 나는 고개를 끄덕였다. 마리는 그의 손톱을 화분 속에 쏟았다. 스르륵, 빗장이 풀린 듯 내 안의 등뼈 속으로 바람이 지나갔다.

"주술의 첫번째 단계는 환화초(換花草) 씨앗을 심는 것으로 시작해요."

씨앗의 모양은 아몬드처럼 타원형이었고 색깔은 그보다 옅었다.

"당신이 심어야 해요, 마음속의 모든 것과 함께."

마리가 나에게 씨앗을 내밀었다. 완전한 원(怨)이 서린 독(毒)이라고 말하는 마리의 시선이 먼 곳을 바라보고 있는 듯했다. 나는 씨앗을 받아 들었지만 선뜻 화분에 심을 수 없었다.

"원하지 않으면 지금 그만둘 수도 있어요. 선택은 당신이 하는 거니까."

마리의 목소리 끝이 가벼운 쇳소리를 냈다. 결코 망설이는 것은 아니었다. 애초부터 미련에서 비롯되었겠지만, 내게 그런 감정들은 이미 남아 있지 않았다. 그랬다면 처음부터 마리를 찾아오지 않았다. 다만 그가 죽고 난 후 찾아올 완전한 상실을 견뎌야 하는 시간이 두려운 것인지도 몰랐다. 그게 무엇이든 완전하다는 건 분명 두려운 감정들을 불러일으킬 테니.

나는 검은흙 속에 아몬드 모양의 씨앗을 심었다. 마리가 한 주먹의 흙을 집어 그 위에 덮은 다음 내 손을 끌어다 화분을 감싸 쥐게 했다. 손바닥에 느껴지는 화분 표면이 설명할 수 없을 만큼 차가웠다.

"정말 죽일 수 있나요?"

나는 마리 눈을 바라보며 물었다. 축축하고 잔잔한 눈 속에 내가 있었다. 내 모습이 들어 있는 마리의 눈을 바라보다 갑자기 엉뚱한 생각을 했다. 어쩌면 그가 아니라 내가 죽는 게 아닐까 하는.

"눈을 감아요. 그리고 믿음을 가지고 진심을 담아요."

화분을 감싸 쥔 채, 눈을 감고 그의 모습을 떠올렸다. 좋은 기억, 좋았던 시간 모두 다 잊고 지금의 나만 기억해. 이제 네가 싫어졌다고. 알아? 마지막 목소리를 떠올리자 온몸의 힘이 빠지며 무기력해졌다. 서서히 손끝이 딱딱해지는 게 느껴졌다. 지금 내 몸에 흐르는 것은 따뜻한 피가 아니라 원망으로 가득 찬 차가운 기운뿐이었다.

마리가 씨앗을 심은 화분을 들고 제단 앞으로 걸어갔다. 정갈하게 틀어 올린 검은 머리에 반질반질한 윤기가 흘렀다. 마리는 실내 조명을 모두 끄고 창으로 다가갔다. 창문이 열리자 만월의 빛이 내린 정원이 한눈에 들어왔다. 기이하거나 음산하다기보다 오히려 처연하게 느껴지는 풍경이었다.

달빛이 어두운 실내로 스며들어 청잣빛 화분이 파리하게 빛났다. 마리가 시키는 대로 제단 앞에 무릎을 꿇고 앉아 손을 모았다. 신에게 허락받는 의식이라 했다. 저주를 기원할 때도 손을 모은다는 사실은 뜻밖이었다.

제단에 향이 피워지고 정화수가 놓였다. 마리가 알아들을 수 없는 말로 노래를 부르기 시작했다. 작고 옅은 숨을 토해내는 아기 새 같은 목소리였다. 노래는 주문을 외우는 것인지 같은 구절이 여러 번 반복되었다. 엷고 어슴푸레한 마리의 목소리 끝에서 수많은 파동이 만들어지는 게 느껴졌다. 나는 향을 태우는 냄새와 마리의 노랫소리에 취해 눈을 감았다. 복수를 향한 주술 의식(呪術儀式)이 이렇게 평온하고 아름다운 과정이어도 되는 것일까, 의문이 아주 잠깐 들었지만 이내 고개를 저었다. 진심으로 마리를 믿어야 했고, 나는 진심으로 마리를 믿었다. 귀신을 부르는 마리의 노래가 끝없이 이어졌다.

자동차에서 내려 가파른 고갯길을 올랐다. 형체를 드러낸 모든 것들이 푸른빛을 띠었다. 걸음을 뗄 때마다 나무들과 산 그림자가 어두운 조각 그림으로 스쳐 지나갔다.

주술 의식은 하루 중 신에게 속한 스물두 시간을 넘어선, 두 시간 사이에 행해졌다. 주술은 모두 네 단계를 거쳐 완성된다 했다. 단번에 얻는 것은 그만큼 허술하다는 걸 모르지 않았지만, 예상보다 너무 긴 시간을 거쳐야 했다.

마리는 상대를 죽일 것인지, 아니면 당한 만큼 똑같은 고통을 줄 것인지 물었다. 얼마간 침묵이 흘렀고 나는 죽이고 싶다고 말했다.

무수한 감정이 솟구쳤지만 어떤 것도 설명하지 않았다. 마리는 복수라는 것은 사람이 사람을 미워하는 압력이라 했다. 그와 이별 후 한 달이라는 시간이 흘렀다. 이제 어떤 방법으로도 그를 가질 수 없다는 것을 알고 있었다. 나는 가지지 못할 바에야 차라리 그를 세상에서 사라져버리게 하는 쪽을 택했다.

정원에 다다르자 마리가 손짓을 했다. 지금 내게 마리는 깜깜한 어둠 속을 헤매는 밤, 먼 곳에서 빛나는 전화 부스 같다. 휘몰아치는 폭우를 잠시라도 피할 수 있는 공간이었다. 주술사라기에는 몹시 아름다운 자태나 신비스러움을 지녔다는 것 따윈 별로 중요하지 않았다. 마리를 진심으로 믿는 것이 지금 내가 할 수 있는 일의 최선이었다.

집 안에 들어서서 향을 피웠다. 제단에 정화수가 담긴 그릇과 향로, 그리고 두 개의 촛불과 환화초 화분이 있었다. 마리는 하나의 주술 의식이 행해지는 동안엔 다른 일은 맡지 않는다 했다. 마리의 그런 충실한 태도가 무엇보다 마음에 들었다.

화분을 들여다보았다. 식물은 빠르게 자라고 있었다. 두번째 의식에서 싹이 났고 푸른 줄기와 잎이 돋았다. 멀리 떨어져 보면 죽은 도마뱀이 바싹 마른 몸을 웅크리고 있는 모양새였다. 가까이 보면 할미꽃 비슷한 것 같지만 그보다는 줄기가 굵고 전체적인 부피도 컸다.

실내에 있는 다른 식물들도 마찬가지였다. 내가 정확하게 이름을 알고 있는 꽃이나 나무가 수십 종이 넘었지만 제대로 들어맞는 게 하나도 없었다. 어떤 식물과 비슷하다거나 꽃봉오리가 닮았다거나 하는 정도였다. 결국 내가 알고 있는 식물이 전혀 없는 셈이었다.

벌써 환화초 잎 표면에 선명한 주름과 솜털 가시가 돋아나 있었다. 동식물을 혼합해놓은 것 같은 주술 식물이 자라날 때마다 이유를 알 수 없는 불안한 기운이 온몸으로 스며들었다.

새벽 한시를 알리는 괘종시계가 울렸다. 마리는 주술 의식 전에 실내조명을 모두 끄고 정원으로 난 창문을 열었다. 의식이 행해질 때마다 달무리 없는 달이 뜨고 바람이 잠잠해지는 게 신기했다.

마리가 네 개의 양초를 가져와 창 앞으로 걸어갔다. 바닥에는 안으로 스며든 달빛이 창문 모양으로 만들어놓은 도형이 있었다. 마리는 사각 그림자 모서리마다 초를 놓았다. 빛을 밝혀 도형 안에 귀신이 머물도록 성역을 만드는 것이라 했다. 평소 마리는 친절하게 설명을 해주는 편이었지만 의식을 행하는 동안엔 거의 말을 하지 않았다. 발뒤꿈치를 살짝 들고 걸어다니며, 내게 무언가를 지시하거나 필요한 물건들을 가져올 뿐이었다.

마리는 제단 위 촛불을 건네며 바닥의 초에 불을 붙이라는 손짓을 했다. 촛불을 들고 있는 손끝이 떨렸고, 손바닥이 끈적거렸다. 초에 불을 붙이자 바닥의 도형은 완전한 사각 모양새를 갖추었다. 마리가 환화초 화분을 가져와 성역 안에 놓았다. 사각 모서리가 맞닿은 중심에 놓인 환화초가 어떤 기운을 빨아들이는지 불꽃이 모두 안으로 쏠려 있었다. 마리는 내 옆에 앉아 두 손을 모으고 주문을 외우기 시작했다. 알 수 없는 기운이 뻐근하게 온몸을 채웠다. 가벼운 현기증이 일고 속이 메슥거렸다. 입안에 침이 고였다. 마리가 시키는 대로 환화초 뿌리 부분에 모은 침을 뱉었다.

마리가 악기를 가져와 앉았다. 길이와 굵기가 다른 여러 개의 대나무가 연결되어 있는 작은 악기였다. 언뜻 팬파이프처럼 보이기도 했다. 마리가 양쪽 손바닥으로 대나무 악기를 쥐고 가볍게 흔들었다. 대나무들이 부채꼴로 펼쳐졌다. 실로폰보다는 부드럽고 오르골보다는 거친 소리였다.

마리가 다시 주문을 외우기 시작했다. 대나무들이 서로 부딪치며 만들어내는 선율은 음계를 지닌 빗소리 같았다. 수십 개의 주름과 바람이 서로 맞닿아 만들어낸 다채로운 세계가 나를 향해 팔을 벌렸다. 대나무 악기 소리와 주문은 오랜 시간 동안 이어졌다.

"마지막 날엔 꽃봉오리가 맺혀 있을 거예요."

마리가 촛불을 끄고 자리에서 일어섰다. 심지가 타는 매캐한 냄새가 실내에 잠시 머물다 사라졌다. 나는 다시 입안에 침이 고여 고개만 끄덕거렸다. 달빛이 새어 들어오는 창문을 바라보았다. 정원의 나무 그림자들이 꿈틀거렸다. 머리카락이 바람을 타며 일어섰다.

오피스텔의 열쇠를 꽂았다. 손에 쥔 문고리는 얼음처럼 차가웠다. 여기에 서면 모든 것이 처음으로 돌아가고 무언가가 다시 돌아왔다. 그의 흔적이 곳곳에 남아 있어 두려웠지만, 매번 내가 서 있는 곳은 바로 여기였다.

주술 기도가 있었던 어제 새벽, 마리의 집에서 나도 모르게 잠이 들었다. 눈을 뜨자마자 마리를 찾았지만 보이지 않았다. 밝은 빛이 스며든 집 안은 오래된 창고처럼 눅눅했고 묵은 먼지 냄새가 났다. 햇볕이 내리쬐는 정원은 밤에 보았던 풍경과는 사뭇 거리가 멀었다. 그저 평범하게 잘 가꾸어진 정원일 뿐이었다. 푸르스름한 반짝임도 아름다운 술렁거림도 없는 정원의 모습을 차라리 보지 않았더라면 하는 생각이 들었다. 정원 가장자리를 돌아 나오는 길에 바오밥나무를 보았다. 입구를 수호신처럼 지키는 바오밥나무를 올려다보다 몸통에 뚫린 구멍을 발견했다. 구멍은 주먹 두 개가 들어갈 정도의 크기였다. 구멍 주위가 매끈하고 자연스러워 누군가 일부러 뚫어놓은 것은 아닌 듯했다.

아프리카 어느 곳에서는 바오밥나무에 구멍을 뚫어 죽은 사람이나 어떤 물건들을 매장한다 했다. 나는 나무로 다가가 안을 들여다보려다 그만두었다. 구멍은 한없이 어둡고 깊어 보였다.

현관에 서서 오피스텔을 둘러보았다. 먼지가 가라앉는 소리도 들릴 만큼 고요했다. 낮게 가라앉은 공기를 헤치듯 크게 숨을 내쉬었다. 아직도 실내에 그와 내가 보냈던 시간의 흔적이 남아 떠도는 것 같았다.

그가 떠난 후 나는 침대가 아닌 바닥에 누워 차가움이 몸속으로 스며드는 걸 느끼며 시간을 보냈다. 그가 오지 않는 시간을 바닥에 뒹굴며 견뎌낸 셈이었다. 가끔 리모컨을 집거나 한쪽에 밀어두었던 음식을 먹기 위해 조금씩 꿈틀거려 이동했는데, 그런 내 모습이 뽀얗게 살이 오른 애벌레 같을 거란 생각이 들었다.

침대로 다가가 주름 하나 없이 정돈되어 있는 시트를 걷어냈다. 그와 내가 함께 누워 꿈도 꾸지 않고 잠들었던 기억이 되살아났다. 패드와 침대 커버를 한쪽으로 젖히자 매트가 드러났다. 군데군데 검붉은 핏자국이 말라붙어 있었다. 그는 내 몸에서 흘러나온 생리혈을 보고 인상을 찌푸렸다. 내가 임신이 가능한 여자라는 것을 몰랐다가 그제야 깨달았다는 표정이었다. 손바닥으로 매트를 쓸어보았다. 마른 핏자국에서 살아 있는 기운이 느껴질 리 없었다.

그는 헤어짐에 대해 아무런 변명도 설명도 하지 않았다. 이별을 통보한 이후 나와 연결된 모든 끈을 잘라버렸다. 나는 한 달 내내 찾아갔고 그는 매번 외면했다. 내가 소란을 피우거나 어떤 방법으로 곤란한 상황을 만들 수 없다는 걸 그는 알고 있었다. 나 자신보다 나에 대해 잘 아는 사람이었다. 그가 틀린 것은 아니었지만 맞는 것 또한 아니었다. 그는 일방적인 이별을 통보받은 후의 내 변화를 예상하지 못했다. 내가 어느 정도로 그를 갖고 싶어 하는지도 알지 못했다.

빗방울이 창문으로 달려들었다. 창가로 다가가 밖을 내다보았다. 일층에서 바라보는 건물은 하늘과 맞닿은 철제 계단 같았다. 멀리서 밖의 풍경들을 뿌옇게 지우며 비가 몰려오고 있었다.

자동차 헤드라이트가 꺼지자 사위가 일순 어둠에 묻혔다. 무슨 마음이 들어서였는지 모른다. 마지막 주술 의식은 내일이었지만 갑자기 마리 얼굴이 보고 싶었다. 자동차에 앉아 정원이 있는 가파른 길 너머로 고개를 돌렸다.

나는 지난 이틀 동안 제대로 잠을 자지 못했다. 밤새 환청인 듯 무언가 창문을 쪼아대는 소리를 들었다. 밤이면 가로등이 켜진 도시의 무수한 그림자가 창문에 아른거렸다. 편도선이 부어올라 침을 넘기기도 힘들었고, 따뜻한 물이 아니면 마시기 힘들었다. 까무룩 잠이 들었다 눈을 뜨면 꿈인 듯 몽롱했고 초점이 흐렸다. 누군가 맨발로 머리맡을 오가는 소리가 들렸다. 따뜻한 손이 이마를 짚기도 했고 차가운 수건이 올라오기도 했던 것 같다. 입 밖으로 생기 어린 숨을 뱉으며 옆을 지키는 기운이 느껴졌다. 그의 셔츠 소매 끝에서 나던 향기가 어렴풋하게 났다. 나는 내 바람이 만들어낸 꿈일지도 모른다고 생각했다. 문이 닫히는 소리에 잠이 깨어 희미하게 날이 밝아올 때까지 창문을 바라보았다. 이상하게 그가 아니라 마리가 보고 싶었다.

멀리 바오밥나무가 보이고 달빛에 잠긴 정원이 눈에 들어왔다.

빨리 걸어서인지 목구멍까지 숨이 차올랐다. 바오밥나무를 막 지나치려는데 작은 신음 소리가 들렸다. 나무 밑에 검은 물체가 누워 있었다.

"마리?"

분명 마리였다. 한껏 몸을 웅크린 마리의 모습은 자궁 속에 있는 작은 아기 같았다. 손으로 마리 이마를 짚었다. 죽은 사람을 만지는 것처럼 차갑다 못해 서늘했다. 축축한 땀조차 흘리지 않았다. 마리를 일으켜 세웠다. 내가 알고 있는 모습과는 전혀 다른 그녀가 낯설고 두려웠다.

마리를 부축해 집 쪽으로 걸었다. 길은 끝없이 이어질 것처럼 멀었다. 발밑에서 풀잎이 자박자박 밟히는 소리가 났다. 밤이 내린 공기의 냄새, 수증기를 빨아들인 나무 냄새, 이슬에 젖은 줄기와 잎의 냄새가 숨 가쁘게 정원을 메우고 있었다.

마리를 거실 소파에 눕히고 눈에 띄는 대로 이불을 가져와 덮어주었다. 집 안에 들어온 지 얼마 안 돼 마리의 얼굴에 혈색이 돌아오고 몸이 따뜻해졌다. 나는 끓인 물을 가져와 옆에 앉았다. 마리가 눈을 뜨고 나를 바라보았다. 희미하게 웃는 얼굴이 점차 생기를 되찾았다. 그녀는 이불을 뒤집어쓴 채 뜨거운 물을 조금씩 마셨다.

"어떻게 된 거예요? 어디가 아팠던 건가요?"

마리는 고개를 저었다.

"오늘쯤엔 오지 않을까 생각했어요."

마리는 내게 일어나는 모든 일을 알고 있기라도 하는 듯한 표정이었다.

마리가 소파에서 일어나 손을 내밀었다. 나는 손이 이끄는 대로 창문 앞으로 다가갔다. 마리는 창문을 열고 창틀에 걸터앉았다. 그녀의 하얀 발목이 마룻바닥에 긴 그림자를 만들었다. 나는 마리와 조금 떨어진 곳에 마주 보고 앉았다. 잠시 정적이 이어졌다. 집 외벽을 훑고 지나가는 바람 소리가 희미하게 들렸다.

오래전부터 소녀는 이곳에 있었어요, 하고 마리가 입을 열었다. 이야기는 그렇게 시작되었다.

소녀는 어머니인 사야와 함께 인도네시아의 작은 섬에서 살았다. 바다는 에메랄드처럼 푸르렀지만 미지근하고 소금기가 옅었다.

오래전 사야는 주술사인 어머니가 있는 고향을 떠나, 자카르타에서 소규모 회사를 경영하는 베링의 집에서 가정부로 일했다. 소녀는 아이가 없던 베링이 고국인 네덜란드에 있을 때 입양한 한국 아기였다. 눈이 까맣고 피부가 하얀 아이는 가정부인 사야를 어머니처럼 여기며 따랐다. 하루가 다르게 소녀의 발목이 가늘고 길게 늘어났고 눈에 띄게 가슴이 봉곳해졌다. 흰빛의 햇살이 내려앉을 때마다 기다란 속눈썹과 붉고 도톰한 입술이 반짝거렸다.

베링은 아내가 죽자 어느 날부터 소녀를 침실로 불러들였다. 그의 요구를 거부할 힘이 없었기에 밤이 깊어지면 소녀는 늘 불안에 떨었다.

　시간이 흘렀고 소녀는 열다섯 살이 되었다. 소녀는 새벽마다 사야의 방으로 찾아가 베링이 죽어버렸으면 좋겠다고 말하며 울었다. 사야는 온통 멍이 든 소녀의 몸을 손바닥으로 쓸어주었다. 그리고 다음 날 새벽 작은 씨앗을 화분에 심었다. 향이 피워지고 사각의 촛불이 켜졌다. 사야는 새벽마다 작은 새 같은 목소리로 노래를 부르고 대나무 악기인 앙크룽을 연주했다.

　사야는 향이 피어오르는 방에서 몸을 웅크리고 차가운 몸으로 죽은 듯이 아침을 맞았다. 원혼이 서린 씨앗이 꽃을 피우자 소녀의 소원대로 베링이 죽었다.

　사야는 소녀를 데리고 자카르타를 떠나 자신의 어머니가 묻힌 섬으로 찾아들었다. 소녀는 맨발로 야자나무가 즐비한 모래밭을 뛰어다녔다. 소녀의 피부는 더없이 까무잡잡해졌고 태양빛 윤기가 돌았다. 사야는 주술사였던 자신의 어머니가 그랬던 것처럼 마음의 무게에 짓눌린 시간을 살았다.

　사야는 오 년을 넘기지 못하고 자살을 했다. 무언가를 응시하려는 듯 검은 눈을 부릅뜬 채였다. 죽은 몸은 온기가 가시지 않았고, 소녀는 그런 시신을 안고 한 달이 넘는 시간을 보냈다. 사야의 온기가 소녀의 몸으로 옮겨 들었다. 소녀는 자신을 거쳐간 모든 고통의 근원인 생모를 찾아 한국에 들어왔다. 입양 동의서에 적힌 생모의 이름은 '오미숙'이었다. 그리움이나 핏줄에 대한 열망을 덮어버린 원망이 소녀의 가슴을 메우고 있었다.

소녀는 씨앗을 심었다. 그리고 먼발치에서 생모의 모습을 보았다. 생모는 가난하지도 불행하지도 않아 보였다.

소녀의 주술 의식이 행해졌지만 식물의 꽃은 피지 않았다. 소녀는 생모의 모습을 바라보며 마지막으로 한 번만이라고 다짐했지만, 그런 다짐은 여러 번 반복되었다. 그 후로 많은 꽃봉오리가 맺히고 매번 씨앗이 다시 심어졌지만, 한 번도 꽃이 피는 일은 없었다.

"왜 꽃을 피우지 않은 거죠? 당신이라면 얼마든지 가능하잖아요. 왜죠?"

내가 물었다. 이야기 도중에 끼어든 내 질문이 당혹스러웠는지 마리는 선뜻 대답하지 않았다. 침묵이 흘렀다. 그리 긴 시간은 아니었다. 마리가 고개를 돌려 정원을 바라보았다.

"내 안에 있는 거였으니까요. …… 모든 게."

마리가 나를 바라보며 말했다. 도무지 알 수 없는 말이었다. 그러나 더 이상 묻지 않았다. 지금 마리에게 내가 해줄 수 있는 유일한 일일지도 모른다는 생각이 들었다.

마리의 아득한 눈을 바라보았다. 사랑하는 사람이 떠나는 일, 죽음이든 마음의 변화이든, 아니면 피치 못할 어떤 상황이나 처지에서 비롯되는 것이든 떠나가는 존재들의 상실을 감당하는 일이 어떤 것이라는 걸 나는 충분히 알고 있었다. 마리에게 다가가 손을 잡았다. 뜨거운 손바닥은 눈물이 고인 듯 축축했다.

제단에 향이 피어올랐다. 가물거리는 연기 사이로 옅은 바람이 스며들었다. 자꾸 시야가 흐려졌다. 나는 천천히 눈을 감았다. 귀가 먹먹해지며 사위의 모든 것들이 아련한 풍경으로 물러났다. 그는 교수식당의 테이블에 앉아 있었다. 정장을 입고 있다는 것은 그가 피곤하다는 의미였다. 그는 그런 날이면 흐트러지지 않기 위해 정장을 입었다. 나는 구석진 자리에 앉아 그를 바라보았다.

점심시간이 다가온 식당 안은 몰려든 사람들로 벅적거렸다. 메뉴는 새우볶음밥과 우거지를 넣은 탕, 두 가지였다. 그는 변함없이 뜨거운 국물을 선택했다. 천천히 국물을 입으로 떠 넣었다. 나는 내 앞의 국그릇에 수저를 담갔다. 국물은 아주 맵고 뜨거웠으며 기름졌다. 그는 국그릇을 기울여 바닥에 남은 것까지 먹어치웠다. 나는 맹렬하게 밥을 먹는 그를 바라보다 수저를 놓았다. 거의 손도 대지 않은 국물에 벌겋게 기름이 떠 있었다. 식당 의자에서 일어선 그가 손수건을 꺼내 땀을 닦았다. 가늘고 긴 손가락이 움직일 때마다, 그의 감촉이 되살아나며 몸 안 어딘가가 꿈틀거렸다.

그는 식당에서 멀지 않은 벤치에 앉아 담배를 피워 물었다. 커다란 나무가 드리운 그늘이 바람이 불 때마다 미세하게 흔들렸다. 시간이 지나자 그에게 드리웠던 그늘이 서서히 옆으로 이동했다. 자신의 어깨에 내려앉은 햇살을 피해 엉거주춤하게 일어난 그가 옆 벤치로 자리를 옮겼다. 그는 몹시 마르고 작은 어깨를 가지고 있었다. 조그맣고 볼품없는 어깨였다.

나는 가방을 뒤져 폴라로이드 카메라를 꺼냈다. 그의 뒷모습과 커다란 나무가 드리운 그늘이 틈 하나 없는 완벽한 풍경으로 사진에 박혔다. 투명 테이프를 꺼내 기대고 있던 나무에 사진을 붙였다. 그는 다시 이 길을 지나쳐 갈 것이다. 그것이 누구인지도 모른 채, 타인을 대하듯 마르고 작은 어깨를 가진 자신의 뒷모습을 바라볼 것이다.

마리가 나를 흔들어 깨웠다. 나는 거짓말처럼 눈을 떴다.

"하루를 꼬박 잤어요. 마음이 소진돼서 그래요."

마리가 희미하게 웃으며 말했다. 불면의 밤을 보내던 내가 꼬박 하루를 잤다니 믿기지 않았다. 온몸이 불에 덴 듯 뜨거웠다. 꿈속의 그가 떠올랐다. 내 안에 있던 무엇이 그의 조그맣고 볼품없는 어깨를 보게 했는지 모를 일이었다.

마리는 마지막 주술 의식 준비로 분주하게 움직였다. 나는 무릎을 가슴으로 모으고 마리가 오가는 것을 바라보았다. 제단에 향이 다시 피워지고 촛불이 켜졌다. 창틀을 흔들던 바람도 잔잔해지고 하늘에는 꽉 찬 둥근 달이 떴다. 마리는 정화수를 제단에 올리고 몇 가지 과일과 음식을 가져다 놓았다.

마리가 바닥에 촛불을 켰다. 이번엔 조금 더 큰 사각형이었다. 나는 마리가 시키는 대로 환화초를 들고 틀 안에 앉았다. 봉오리가 맺힌 꽃은 금세 꽃잎을 활짝 펼칠 것처럼 부풀어 있었다.

마리는 바닥의 촛불 하나를 들어 내 머리 위에 놓았다. 촛불에서 손을 떼지 않은 채 주문을 외우기 시작했다. 이어 나를 중심으로 천천히 원을 그리며 돌았다. 원의 완성은 곧 주술의 완성일 것이다.

마리가 다시 촛불 하나를 집어 도는 것을 반복했다. 마지막 촛불을 집어 들자 꽃잎 하나가 펼쳐졌다.

순간, 나 자신도 모르게 꽃잎을 움켜쥐었다.

내 안에 도사리고 있는 감정의 실체가 정확히 무엇인지는 알 수 없었다. 그러기에는 너무 순식간에 일어난 일이었다. 무언가 재빠르게 손을 뻗어 스위치를 누른 것처럼 내가 꽃을 움켜쥔 것이다.

마리의 주문이 멈추었다.

시간이, 마음이, 공기의 흐름 같은 모든 것들이 멈춘 적요가 이어졌다. 마리가 허물어지듯 바닥에 주저앉았다.

마리가 찻잔에 뜨거운 물을 따랐다. 몸이 심하게 떨리고 신음 소리가 튀어나올 만큼 가슴에 심한 통증이 일었다. 마리는 내 손을 가져가 손가락을 하나씩 폈다. 손가락이 단단하게 굳어 힘을 뺄 수 없었다. 힘껏 움켜쥐었던 손가락이 다 펴지자 검붉은 꽃잎이 보였다. 신기하게 꽃은 으스러지지 않은 채였다.

마리는 꽃을 내 앞의 찻잔에 넣었다. 자기로 만들어진 하얀 찻잔 안에서 꽃잎이 느린 춤을 추며 활짝 피었다. 찻물이 붉게 변하자 찻잔을 들어 올렸다. 고개를 들어 마리를 바라보았다. 마리가 고개를 끄덕였다.

한 모금을 마셨다. 저주의 꽃, 원망이 서렸던 꽃잎 차였다. 그 꽃이 우러난 향기와 맛은 밋밋했다. 아무런 향기도 맛도 나지 않았다. 하지만 차를 한 모금 마실 때마다 몸에 따뜻한 기운이 도는 걸 느낄 수 있었다. 마음 깊숙한 곳에서 수많은 말이 소용돌이쳤지만, 이내 평온해졌다.

마리가 다가와 내 옆에 앉았다. 우리는 서로를 안았다. 그리고 천천히 등을 쓸어내렸다. 나는 마리 등뼈를 만졌고, 마리는 내 등뼈를 만졌다. 마리의 등뼈는 화석처럼 단단했다. 우리는 등 위로 솟아오른 여러 개의 완만한 굴곡을 쓰다듬으며 오랜 시간을 보냈다. 그것은 아무런 욕망이 담기지 않은 순수한 의식이었다. 그런 시간은 한참 동안 이어졌다.

마리는 내게 그의 물건들이 담긴 상자를 건넸다.

상자를 받아 들고 집을 나오다 선반 위에 즐비한 화분을 바라보았다. 독을 품는 것으로 시작해 그 사람의 마음에 따라 변하는 식물들. 이 많은 것들을 마리가 심은 것인지, 아니면 다른 누군가가 심은 것인지는 알 수 없었다.

상자를 바닥에 내려놓고 마리를 꽉 껴안았다. 그녀의 심장박동이 내 가슴으로 전해졌다. 복수라는 것은 자신의 고통을 상대방에게 전달하고 싶은 마음에서 비롯된다. 여전히 변함없는 모습으로 살고 있을 그와는 상관없이, 복수의 칼끝이 결국은 자신을 겨누는 것과 다르지 않음을 깨닫는 일, 그보다 더 고통스럽고 힘든 과정은 내 안에 숨어 있을 무언가를 인정하고 받아들이는 일일 것이다. 나는 문득, 울고 싶어졌다.

마리가 돌아서는 나를 다시 불러 세웠다. 그녀가 내민 것은 환화초 화분이었다.

"당신을 다시 찾아올지 몰라요."

"언제든."

마리가 담담한 목소리로 대답했다. 나는 마리에게서 화분을 받아 상자에 넣었다.

동이 트는 해와 옅은 빛의 달이 공존하는 새벽하늘을 바라보며 정원을 지났다. 공존이라는 것의 경계가 저렇게 희미하고 옅은 것이었을까, 잠시 생각했다. 저만치 뿌리를 하늘로 풀어 헤친 것 같은 바오밥나무가 보였다.

정원 한 귀퉁이에 서서 상자를 내려놓았다. 집을 나올 때 마리가 건네준 모종삽으로 땅을 파기 시작했다. 화분에서 환화초를 뽑아냈다. 예상 외로 하얗고 잔뿌리 하나 없이 매끈한 환화초를 깊게 판 땅속에 심었다.

바오밥나무를 지나다 그 앞에 멈춰 섰다. 타원형으로 뚫린 구멍을 한참 동안 바라보았다. 발뒤꿈치를 들고 구멍 안을 들여다보았다.

나무의 구멍은 무엇인지 알 수 없는 물건들로 가득 차 있었다.

그것들이 모두 마리의 것인지, 아니면 복수를 품었던 또 다른 사람들의 것인지는 모를 일이었다.

상자에 담긴 그의 물건들을 집어 구멍 안으로 하나씩 넣기 시작했다. 물건들이 떨어지며 때로는 가벼운 소리가, 때로는 둔탁하고 무거운 소리가 울렸다. 그에 대한 나의 마음도, 그리고 나에 대한 그의 마음도 이렇게 다른 무게로 어느 날은 가볍게 날아올랐다, 또 어느 날은 무겁고 둔탁하게 바닥으로 내려앉았을 것이다.

손으로 바오밥나무 몸통을 노크하듯 두드렸다. 투명한 울림 소리가 길게 이어졌다. 수많은 물건들을 받아들여 품고 있는 바오밥나무가, 어쩐지 마리 같다는 생각이 들었다. 구멍 안으로 손을 넣고, 저주의 마음이 서렸던 물건들 위에 가만히 올려놓았다. 누군가 입김을 불어넣는 것처럼 축축하고 미지근한 생의 기운이 손끝에서 꿈틀거렸다.

마누 다락방

얀은 플랫폼에 서서 기차가 멀어지는 모습을 바라보았다. 기차는 빠른 속력으로 달려 벌써 작은 점으로 변해가고 있었다. 그는 가방을 들고 걷기 시작했다. 손을 내밀면 만져질 것처럼 눈앞에 펼쳐진 마을의 풍경이 선명했다.

그는 자신이 자라온 마을을 비유하자면 음악 없이 춤추는 것과 같을 거라 생각했다. 그의 기억에 마을은 사건이라고는 거의 일어나지 않는 곳이었고, 그것은 앞으로도 변하지 않을 사실이었다.

페치카에 불을 붙였는지 굴뚝에서 연기가 피어오르는 집이 보였다. 봄이지만 슈트 위에 얇은 외투를 걸쳐야 할 만큼 마을을 둘러싼 산에서는 서늘한 바람이 불어왔다.

"얀! 정말 돌아왔구나."

아키 아줌마는 특유의 부산함으로 그를 맞았다. 얀은 들고 있던 가방을 그녀에게 넘겨주었다. 실내에는 갓 구운 오렌지파이 냄새가 가득했다. 익숙한 냄새를 맡으니 비로소 집에 돌아왔다는 실감이 들었다. 그는 모자를 벗어 들고 위층을 향해 둥글게 뻗어 있는 계단을 쳐다보았다. 계단 위에는 푸른빛의 양탄자가 깔려 있었다.

"마누 님은 잠이 드셨어. 밤에는 통 주무시질 못하니까. 자, 앉으렴. 방금 파이를 구웠거든. 환상적인 맛이라고 장담은 못하겠지만 그다지 나쁘지는 않을 거야."

아키 아줌마가 오븐 앞을 오가며 말했다. 흰색의 에이프런에는 울긋불긋한 음식 얼룩이 묻어 있고 발목에서 차랑거리는 치마 끝자락은 지저분해 보였다. 그동안 살이 올랐는지 허리가 한 뼘은 더 넓어져 있었다.

얀은 식탁에 앉아 아키 아줌마가 접시에 담아 내주는 파이를 허겁지겁 먹기 시작했다. 바삭하고 고소한 파이를 베어 물자 안도감에 몸이 떨려왔다. 그는 턱을 쉬지 않고 움직이면서도 푸른 양탄자가 깔린 계단을 흘끔거렸다.

아키 아줌마는 식탁 주위를 오가며 그동안의 일들을 한꺼번에 쏟아냈다. 계단을 흘끔거리느라 아키 아줌마의 이야기가 귓가로 드문드문하게 다가왔다가 멀어졌다. 마누의 살이 몇십 킬로그램이 더 불어났다는 것과 작황이 좋지 않은데도 오렌지 농장 일꾼들이 거의 떠나지 않았다는 것, 자신과 함께 학교를 다녔던 키라가 아이를 낳았다는 것이 기억할 수 있는 이야기의 전부였다.

얀은 이층 계단참에서 위를 쳐다보았다. 다락방으로 가는 계단에 발을 올렸다. 온몸의 무게가 한쪽 발바닥으로 쏠릴 때마다 오래된 나무판들이 뒤틀리며 삐걱거리는 소리를 냈다. 그는 마누의 잠을 방해하고 싶지 않았으므로 계단을 다시 내려와 자신의 방 앞에 섰다. 오전이었지만 창문의 커튼 때문인지 방 안은 어두컴컴했다. 달라진 것은 없었다. 희뿌연 빛에 싸여 모서리가 둥그스름하게 보이는 모든 물건들이 그가 떠날 때와 마찬가지로 각자의 자리에 있었다.

한 달 전 아킴테라의 싸구려 모텔에서 그는 자신의 할아버지인 마누에게 편지를 썼다. 술에 취해 있었고 상당히 배가 고픈 상태에서 쓴 것이라 내용은 잘 기억나지 않았다. 집으로 돌아가겠다고 했던 한 문장만이 또렷하게 남아 그의 주위를 맴돌았다. 그러다 문득 자신의 마음이 집을 향해 걸어가고 있다는 생각을 하게 되었고, 그것은 시간이 흐를수록 분명해졌다.

얀은 마누가 있는 집으로 돌아오고 싶었다.

딸랑딸랑.

얀은 잠결에 종소리를 들었다. 처음엔 꿈속에서 듣는 방울 소리라 생각했지만, 소리가 점점 가까워지며 커지자 그것이 마누가 울리는 종이라는 것을 깨달았다.

"네, 갑니다, 가요."

방문 밖에서 아키 아줌마 목소리가 들렸다. 뒤이어 쿵쿵거리며 나무 계단을 오르는 소리가 났다. 얀은 창가로 다가가 밖을 내다보았다. 오렌지 농장의 일꾼들이 오후 작업을 끝마칠 준비를 하느라 부산하게 움직이고 있었다. 기이 아저씨를 비롯해 농장에서 오렌지를 키우고 수확하던 일꾼들의 모습은 여전했다. 변한 것은 자신뿐인 것 같았다.

"마누 님이 방금 일어나셨어. 지금 얀을 기다리고 계시단다."

아키 아줌마가 방 안으로 고개를 빠끔히 내밀고 말했다.

얀은 샤워를 한 후, 낡은 옷장에서 되도록 깨끗하게 보일 만한 옷을 골라 입었다. 아직도 아킴테라의 공기가 묻어 있을 옷가지들이 벗어놓은 그대로 침대 위에 널려 있었다. 가볍고 탄력 있게 몸을 휘감았던 신소재의 감촉이 생생하게 되살아났다. 그와 동시에 은빛으로 출렁이던 도시 정경이 눈앞으로 스쳐 지나갔다. 빌딩 사이로 나 있는 투명한 튜브, 그 속을 걷던 사람들의 발걸음 소리가 점점 희미해지며 귓가에서 멀어졌다.

얀은 타이를 매고 거울 앞에 섰다. 떨리던 몸도, 무겁고 어지러웠던 마음도 몇 시간의 잠으로 어느 정도 진정이 된 것 같았다. 거울 속 청년은 삼 년 전의 자신과는 다르게 얼굴이 지독하게 창백하고 핼쑥해져 있었다. 그저 막연히 빛의 세계를 떠돌아다니다 돌아온 느낌이었다.

노란 색깔의 벽지와 계단에 깔린 푸른 양탄자가 묘한 대비를 이루었다. 나무 계단을 디딜 때마다 발소리가 참새처럼 허공으로 날아올랐다.

언덕배기 삼층집은 마누가 자신의 아들이자 얀의 아버지인 루오와 함께 사십 년 전에 지은 것이었다. 파름 부족 후예였던 마누는 이곳으로 오자마자 들판이 내려다보이는 언덕배기에 집을 짓고 오렌지 농장을 일구기 시작했다. 사람들 눈에 마누가 지은 집은 바람이 불고 폭우가 몰아칠 때마다, 그 날카로운 현상들을 맞받아치기보다는 그대로 받아들여 부드럽게 껴안는 거대한 나무처럼 보였다. 루오가 죽고 얀이 아킴테라를 떠도는 동안, 이 집을 변함없이 지킨 것은 할아버지인 마누였다.

얀은 다락방 앞에서 몇 차례 호흡을 가다듬은 후 두세 번 노크를 했다.

"할아버지?"

얀은 다락방으로 들어가 마누를 불렀다.

"가까이 와주겠니?"

마누의 목소리가 들렸다. 얀은 마누의 침대로 다가갔다.

"세상에."

마누를 본 얀은 자신도 모르게 중얼거렸다. 그는 거대한 침대 같았고 족히 삼백 킬로그램은 넘어 보였다. 풍선처럼 부풀어 오른 마누가 더 가까이 오라는 손짓을 했다. 얀은 마누의 이마에 가볍게 입술을 댔다. 마누가 어깨를 들썩이며 웃자 늘어진 살들이 함께 흔들렸다. 얀이 떠날 때 흰머리가 드문드문 보였던 마누의 길고 검은 머리카락은 어느새 백발이 되어 있었다. 주름진 얼굴과 두루뭉술하게 퍼진 콧방울, 성성한 백발 때문인지 그는 들판의 늙은 사자처럼 보였다.

얀은 마누의 다락방 안을 둘러보았다. 천장에는 실에 매달린 수백 개가 넘는 작은 종이 길게 늘어져 있었다. 뾰족한 손잡이가 달려 있는 게 대부분이었고 개중에는 커다랗고 둥근 형태의 종도 있었다. 얀은 잠결에 들은 종소리도 저 중의 하나였을 거라 짐작했다.

"할아버지, 어디서 이렇게 많은 종이 생긴 거예요?"

"천천히 알아도 늦지 않단다. 이렇게 네가 돌아왔으니 서두를 필요는 없겠지."

마누는 흐뭇한 표정을 지어 보이고는 침대맡에 있던 종을 흔들었다.

"예예, 마누 님, 지금 갑니다."

아키 아줌마의 쩌렁쩌렁한 목소리가 들렸다. 쿵쾅쿵쾅 나무 바닥이 울렸다. 얀은 책장에 꽂힌 백여 권이 넘는 그림책들을 발견했다. 책 한 권을 뽑아 들고 펼쳤다. 페이지마다 글씨는 없고 직접 손으로 그린 그림들만 가득했다. 얀이 너무 어려서 글을 읽고 쓰지 못할 때, 마누는 손수 그림을 그리고 이야기를 붙여 들려주곤 했다. 그림은 같았지만 이야기가 매번 달라, 어린 얀은 마누가 펼치는 그림책 세계로 눈을 반짝이며 빠져들지 않을 수 없었다. 얀은 아키 아줌마가 방으로 들어오자 그림책을 덮었다.

마누와 얀은 마주 보고 앉아 수프를 떠먹었다. 마누는 퉁퉁한 팔로 힘들게 스푼을 들어 올렸지만 다행히 고통스러워 보이지는 않았다. 노란빛의 수프는 몹시 뜨거웠고 끝 맛이 알싸했다. 이름은 알 수 없었지만 특이한 향신료 냄새가 났다. 기분 좋은 느낌이 얀의 몸으로 퍼져 나갔다.

밖은 벌써 석양이 지고 있었다. 열린 창문으로 오렌지 향이 실린 바람이 불어왔다. 마누는 어떤 몸짓도 하지 않았다. 손을 들어 얀의 얼굴을 쓸어내리지도 않았고 억지로 끌어당겨 안지도 않았으며, 그동안 거쳐온 아킴테라 세계의 여정이나 앞으로의 계획에 대해서도 묻지 않았다. 그래서 얀은 아무런 대답도 하지 않을 수 있었다. 그는 마누가 진심으로 자신을 배려하고 있다고 느꼈다.

그들은 미지근하게 식은 수프 그릇을 든 채 서로를 바라보며 오랜 시간을 보냈다.

얀은 긴 잠을 잤고 정오 무렵에야 일어났다. 회색 카디건을 걸치고 일층으로 내려와 식탁에 앉았다. 밤새 웅얼거리는 어떤 소리를 들은 것 같았지만 그동안의 여독이 풀리지 않아서인지 눈이 떠지질 않았다.

"우리 말고 다른 사람이 집 안에 있는 건 아니죠?"

얀은 커피를 한 모금 마신 후 아키 아줌마에게 물었다. 아키 아줌마는 어깨를 으쓱해 보였다. 그는 커피를 마저 마시고 포크를 들었다. 주방의 열어놓은 창문 사이로 옅은 햇살이 스며들었다.

아키 아줌마는 오늘도 오렌지파이를 구웠다. 피크닉 바구니에 담긴 파이에서 하얀 김이 모락모락 올라왔다. 바구니 한쪽에는 오렌지주스 병목이 뾰족하게 솟아 있었다.

"키라가 감기에 걸렸다는구나. 그럴 땐 오렌지파이와 주스가 제격이지."

아키 아줌마가 바구니 위에 보자기를 씌우며 말했다.

"키라가 아기를 낳았다구요?"

"지난해 봄에 사내아이를 낳았지. 남편이라는 작자는 아킴테라인가 빛의 세계인가로 떠나더니 소식 한 장 없는 모양이야. 지금은 퀼트를 만들며 근근이 살아가고 있지만 잘 이겨내고 있단다. 이 모든 게 마누 님 덕분이야. 마누 님은 정말 마술사 같거든."

아키 아줌마가 에이프런을 벗어 치마에 묻은 밀가루를 툭툭 털었다. 얀은 아키 아줌마의 말에 담긴 뜻을 이해할 수 없었지만 잔자코 샐러드와 스크램블을 마저 먹었다. 아키 아줌마가 만든 스크램블은 아킴테라에서 딱딱한 빵과 함께 먹곤 했던 것과는 다르게 적당히 부드러웠고 혀끝에 남는 풍부한 치즈 맛이 만족스럽게 느껴졌다.

식사를 마친 얀은 마누의 다락방에 올라가 말을 건네고 싶었지

만 아침나절에야 잠이 들었다는 아키 아줌마 말을 떠올리고는 그
만두었다. 그가 무얼 하느라 밤을 새웠는지 물었지만 아키 아줌마
는 빙그레 웃기만 했다.

얀은 집 밖으로 나와 농장 주위를 천천히 걸었다. 손으로 만져보
니 다 자라지 않은 푸른빛의 오렌지는 작고 딱딱했다.

"얀."

삼 년 전보다 훨씬 많은 주름이 앉은 손으로 기이 아저씨가 다
가와 악수를 건넸다. 기이의 길게 땋아 내린 검은 머리카락이 바
람을 타고 작게 흔들렸다. 얀은 악수를 하고 손을 바지 주머니에
넣었다.

"아주 돌아온 거냐?"

얀은 멋쩍은 웃음을 지어 보였다.

"여전하네요, 모든 것들이."

"올해도 작황이 좋지 않아. 하지만 달라진 게 분명 있긴 하지. 모
든 게 다 마누 님 덕분이야."

기이 아저씨가 손바닥을 맞대어 흙을 털어내며 말했다.

"뭐가 달라졌다는……."

그때 오렌지 나무 밑에서 잡초를 뽑던 루에 할머니가 얀의 이름
을 큰 소리로 부르며 손을 흔들었다. 얀도 그쪽으로 몸을 돌려 손
을 흔들었다. 허름한 작업용 바지를 입은 기이 아저씨는 이미 농장
사이로 걸어가고 있는 중이었다. 얀은 그의 뒷모습을 바라보며 무

엇이 달라졌다는 것인지를 곰곰 생각했지만 딱히 떠오르는 것은 없었다. 올해도 농장의 작황은 나아지지 않았고, 여전히 일꾼들은 가난한 하루를 살아가고 있으며, 재산이 거의 바닥난 상황에서 마누는 한가득 방 안을 메우고 있었다. 이곳에서 달라질 것은 아무것도 없었다.

그는 자신이 걸어온 길을 훑다가 한곳에 시선을 멈추었다. 열린 창문으로 커튼 자락이 바람을 타며 잔잔하게 흔들리는 게 보였다. 마누의 방이었다. 얀의 기억에 조부모 부부의 침실은 원래 일층에 있었다. 제르 할머니가 삼층 다락방에서 심장마비로 죽지 않았더라면, 할아버지인 마누가 머무는 곳은 일층 침실이었을지도 모른다고 얀은 생각했다.

살이 적당하게 오른 몸매였던 마누는 은둔하던 몇 년 사이에 이백 킬로그램이 넘는 거구로 변했다. 그는 하루가 다르게 풍선처럼 부풀어 올랐다. 그 무렵 얀은 마누가 작은 새로 변해 하늘을 날아다니는 꿈을 꾸곤 했다. 침대에 누워 있던 마누는 언제나 창문을 열어 밖을 바라보았고, 얀은 마누가 실제로도 새가 되고 싶어 한다고 여겼다.

얀이 생각에 잠긴 채 집 앞에 다다랐을 때 종소리가 희미하게 들렸다. 순간 발치에 작은 종이 떨어졌다. 열린 창문으로 떨어진 모양이었다. 얀은 종을 집어 주머니에 넣고 집 안으로 들어가 다락방으로 향했다.

얀을 보자 마누는 흠칫 놀라는 표정을 지었다. 덜 익은 올리브처럼 생긴 작은 열매 하나가 마룻바닥으로 떨어졌다. 얀은 그것을 집어 자신의 손바닥에 놓았다. 수분이 빠진 열매는 겉이 쭈글쭈글했고 푸른색을 띠었다.

"마누, 이게 뭐죠?"

"카르다몸이란다. 향신료야."

"음식에 넣는 걸 말씀하시는 거예요? 이걸로 무얼 하시게요?"

"글쎄다. 차차 알게 되지 않겠니? 그보다 얀, 주머니에서 종소리가 나는 것 같구나."

얀은 주머니에서 종을 꺼내 마누에게 내밀었다. 마누는 아무 말 없이 받아 들더니 귓가에 가까이 가져가 종을 흔들었다.

"얀, 이걸 저기에 걸어주렴."

마누가 창문 부근을 가리키며 종을 내밀었다. 얀은 창문으로 걸어가 투명한 실에 종을 묶었다. 손을 놀릴 때마다 맑은 금속 소리가 다락방 안을 흔들며 가볍게 떠다녔다.

"얀, 다리 밑에 쿠션을 넣어주겠니?"

마누의 손에 푹신하게 부푼 쿠션이 들려 있었다. 얀은 마누가 덮고 있는 시트를 젖혔다. 다리 쪽의 매트가 움푹 꺼져 있었다. 마누의 다리 사이로 힘겹게 쿠션을 밀어 넣었다. 나무로 만든 오래된 침대가 기우뚱해지며 기이한 소리를 냈다. 얀은 다시 시트를 덮어주며, 자신이 떠나기 전보다 오히려 모든 게 더 나빠져 있다고 생각했다.

얀은 한밤중에 눈을 떴다. 누군가 이상한 주문 같은 소리와 함께 어떤 말을 웅얼거리고 있었다. 꿈을 꾸고 있는 거라 여겼지만 소리는 점차 또렷해졌다. 잠옷 위에 가운을 걸치고 램프를 켰다. 계단을 오르기 시작하자 알 수 없는 불안감과 호기심으로 가슴이 두근거렸다.

얀은 마누의 다락방 앞으로 발소리를 죽이며 다가갔다.

"바람이 불어왔어. 쏴아아, 휘몰아치는 빗속으로 투구를 쓴 여자아이가 달려갔단다. 문이 열리고 오색 수염이 달린 마법사가 망토를 펼쳤어. 마법사가 소녀에게 쏟아지던 비를 하늘 한쪽으로 끌어갔지. 소녀가 말했어. 제게 상처를 낫게 하는 약과 생명의 물을 주세요. 마법사가 하늘에 글씨를 쓰기 시작했어. 진심으로, 그리고 간절한 마음으로 원하는 게 중요해."

분명 마누의 목소리였다. 뒤이어 흐느껴 우는 젊은 여자 소리도 들렸다.

"설령 자신이 계획한 예상과 맞지 않거나 결과가 좋지 않다 해도 말이야. 마법사가 하늘의 글씨를 지우자 하얀 눈송이들이 떨어져 내렸어. 글자들이 눈송이가 된 거야. 소녀는 눈송이를 향해 손을 내밀었지. 지금 너는 실로 만든 밭을 가꾸고 있단다. 그리고 네게는 바늘이 있지. 소녀는 수많은 조각을 이어 붙인 기다란 머플러를 외투 속에서 꺼내 만지작거렸어. 마법사가 다시 글씨를 썼어. 같은 강철로 만든 것이지만 칼은 자르고 토막 내는 것이고, 바늘은 꿰매고 결합하는 거야. 칼은 생명을 죽이기도 하지만 바늘은 생명을 감싸고 상처를 감싸는 것이지. 그때 마법사의 손놀림이 갑자기 빨라지기 시작했어."

"왜요? 무슨 일이 일어난 건가요?"

여자가 울음이 섞인 목소리로 마누를 향해 묻는 것 같았다. 잠시 침묵이 이어졌다.

"잠깐 회오리바람이 지나갔거든."

마누가 말했다. 이어 여자가 길게 숨을 내쉬는 소리가 들렸다.

"한 땀 한 땀의 바느질은 무척 힘들고 지루한 작업이지만, 완성된 옷이나 가방을 가만히 들여다보렴. 마법사는 하늘에 그런 글씨를 쓰고 지우기를 반복했어. 소녀는 마법사를 향해 여전히 고개를 젓기만 했지. 마법사는 손을 멈추고 퀼트로 만든 머플러를 만지작거리는 소녀를 바라보았어. 너에게는 이미 수많은 도형의 세계가 있단다."

마누는 가는 목소리를 내다가도 어느 순간 힘이 실린 굵은 목소리를 냈다. 얀은 램프를 조절해 불을 줄이고 조심스럽게 다락방의 문고리를 돌렸다. 문이 열리는 소리는 예상했던 것보다 훨씬 컸다. 당혹스러운 마음에 문고리를 잡으려 손을 내밀었지만 다락방 문이 삐걱거리는 소리를 내며 활짝 열렸다. 얀은 자신이 무슨 일을 저질렀는지를 알기 위해 눈을 흡떴다. 방 안의 두 사람이 그가 서 있는 쪽으로 고개를 돌렸다.

"얀?"

그리고 동시에 그의 이름을 불렀다. 얀은 두 사람을 번갈아가며 바라보았다. 조금 전에 흐느껴 울던 여자는 키라였다. 마누는 그 앞에서 초록색 표지의 그림책 한 권을 펼쳐 들고 있었다.

"자, 오늘은 여기까지만 할까?"

"할아버지는 매번 그러시는군요. 끝을 말해주시지 않잖아요."

"그건 결국 자신이 만드는 거니까."

마누가 침대의 작업용 랜턴 스위치를 끄며 대답했다. 키라가 자리에서 일어섰다. 마누가 손에 쥔 무언가를 키라에게 내밀자, 그녀는 그것을 받아 코트 주머니에 넣었다. 키라는 돌아서려다 말고 작은 종을 꺼내 마누에게 건넸다. 얀은 이러지도 저러지도 못하고 그 자리에 선 채로 그들을 지켜보았다.

마누가 그림책을 덮고는 키라를 바래다주지 않겠느냐고 물었다. 얀은 손에 든 램프의 조절기를 만져 불을 키웠다. 벽에 어린 세 사람의 그림자가 갑자기 커졌다.

얀은 잠옷에 가운을 걸친 그대로 집을 나섰다. 키라는 몇 걸음을 걷다 얀의 소매 끝자락을 잡았다. 그는 마을에서 이십여 분 거리의 이곳까지 여자 혼자 어둠 속을 걸어왔다는 게 놀랍기만 했다. 키라는 걸어가며 얀의 지나온 안부를 물었고, 얀은 아기의 건

강을 물었다.

집 앞에 다다르자 키라가 가까이 다가와 얀의 볼에 입을 맞추었다. 얀은 키라가 내뱉는 날숨을 깊숙이 들이마셨다. 따뜻하고 달콤한 냄새가 콧속으로 스며들었다.

"고마워, 진심으로."

키라가 말했다. 얀은 자신이 집을 떠나기 전날 밤 이렇게 키라의 배웅 키스를 받았다는 걸 기억해냈다. 그는 키라가 자기와 함께 떠나지 않은 것이 어쩌면 다행스러운 일인지도 모른다고 생각했다. 이곳과는 다른 세계인 아큄테라의 눈부신 광경들, 하늘을 향해 끝도 없이 솟아오른 건물들과 그 사이를 물뱀처럼 가르는 투명한 튜브 통로, 그리고 도시를 가득 메운 은빛 차량. 그것들에 대한 감탄과는 반대로 신소재의 탄력적인 옷을 입은 사람들의 세련된 걸음걸이에 보폭을 맞추려 노력하던 자신의 모습. 빛으로 가득 찬 세계 뒤편에 서 있는 가난한 자들의 싸구려 모텔과 딱딱한 빵과 차가운 음료수 병. 눅눅한 냄새가 나는 커피와 지린내가 진동하는 어두운 골목길과 낯선 눈빛의 사람들. 그 모든 걸 경험하지 않은 키라가 다행스러웠다.

얀과 키라는 같은 학교에 다니며 편지를 주고받는 사이였다. 내용은 주로 좋아하는 시인의 시나 하루의 일상, 친하게 지내는 친구들과의 일이나 툭하면 잔소리를 해대는 가난한 어른들에 대한 불만이 대부분이었다. 두 사람은 그런 내용들에도 분명 서로를 향해 미묘하게 움직이는 마음이 숨겨져 있다고 믿었다.

학교를 졸업하고 얀은 따분한 마을을 떠나 환한 빛으로 가득 찬 아킴테라로 가고 싶었다. 아킴테라는 젊은이들에게 늘 동경의 대상이었고, 많은 사람들이 은빛으로 반짝이는 그곳을 향해 떠났다. 얀은 자신의 나이에는 분명 모험이 필요하며 동경의 세계를 향해 걸어가는 것이 당연하다 믿었다. 할아버지인 마누는 떠나겠다는 말을 듣고 눈물을 흘리면서도 애써 붙잡지 않았다. 기다리겠다는 말이 얀에게 해준 유일한 말이었다. 얀은 집을 떠나오면서 마누의 다락방을 뒤돌아보았다. 마누가 창문 밖으로 손을 뻗어 무언가를 움켜쥐는 게 보였다. 얀은 그것이 멀어지는 자기의 뒷모습일지 모른다고 생각했다. 얀은 외투 깃을 세우며 마누에게서 고개를 돌렸다.

키라는 폐렴에 걸렸지만 치료도 제대로 받지 못하는 어머니를 술주정뱅이 아버지에게 남겨둘 수 없다고 했다. 함께 떠나지 않겠다고 말했을 때 얀은 낙담한 표정을 지으면서도 그런 그녀를 이해했고, 자신의 고독을 받아들였다.

두 사람은 집 앞에 서서 잠시 아무 말 없이 시간을 보냈다. 얀은 그녀의 남편이 누구인지 궁금했지만 망설이다 끝내 묻지 않았다. 키라는 그런 얀을 바라보며 조용히 입을 열었다.

"트럭 운전사였어. 그 사람도 빛의 세계를 떠돌다 언젠가는 내게 돌아와줄 거라고 믿어. 네가 이렇게 다시 돌아온 것처럼 말이

얀. 얀, 다시 아킴테라로 떠나진 않을 거지?”

아기 울음소리가 들리자 키라가 서둘러 집 안으로 들어가며 말했다.

“모르겠어, 정말 돌아온 건지.”

얀은 다급하게 말했지만, 키라는 그의 대답을 미처 듣기도 전에 안으로 들어갔다. 그녀가 아직 남편을 기다리고 있음을 알고 나자 가슴에 미지근한 바람이 스며들었다. 그는 닫힌 문을 향해 천천히 손을 흔들었다.

키라와 마누의 그림책 세계를 목격한 날부터 얀에게는 다락방 앞에서 이야기를 엿듣는 버릇이 생겼다. 그것은 일종의 색다른 세계에 대한 탐색이었고 비밀스러운 과정이었다. 얀은 소리 내지 않고 계단을 오르기 위해 늘 천천히 걸었다. 그는 어둠이 내린 벽을 더듬거릴 때마다 민첩하고 예민하게 움직이는 자신의 손가락들이 점점 마음에 들었다.

한밤중에 이야기꾼 마누를 찾아오는 손님은 오렌지 농장 일꾼들이 대부분이었지만 가끔은 부족 사람들도 섞여 있었다. 그들은 미리 약속한 것처럼 꼭 한 사람씩 일주일에 한 번 정도만 방문했다. 그러다 아무도 찾아오지 않는 날이 며칠 동안 이어지기도 했다.

마누가 풀어놓는 이야기는 청자에 따라 조금씩 차이가 있었다. 이야기는 하늘에 글씨를 쓰는 마법사나 어둠을 걸어가는 마녀, 향신료 열매를 먹었던 고대 이집트 노동자들, 인도의 절름발이 미녀, 수상 정원을 가꾸는 새 후투티, 깊은 밤에만 향신료를 따는 백 살 노인이나 흙을 먹고 사는 돼지, 거미줄을 갉아 먹는 정글의 나비와 저글링을 하며 노래하는 아리아 가수가 등장했다.

사람들은 마누의 이야기를 잠자코 들었다. 어떤 사람은 이야기가 끝나면 죽은 부모님 이름을 부르며 어린아이처럼 울었다. 어떤 이는 마누가 들려주는 이야기 중간 중간 코를 팽, 하고 풀었고, 어떤 이는 강아지처럼 낑낑거리며 웃었다. 마을의 치안을 맡고 있는 남자는 살인 사건 피해자의 환영에 시달렸던 과거를 고백하기도 했다.

낡은 화물차 한 대가 언덕에 멈추었다. 구레나룻과 수염이 하나로 이어진 남자는 묵직한 자루를 들고 주방으로 향했다. 거실 페치카 앞에서 책을 읽던 얀이 자리에서 일어섰다. 얀이 주방으로 들어서자 남자는 노란 치아를 드러내며 웃어 보였다. 아키 아줌마가 값을 지불하자 남자가 시가를 꺼내 피워 물었다. 아키 아줌마가 연기를 향해 손사래 치며 인상을 찌푸렸다. 남자는 어깨를 으쓱해 보인 후 밖으로 나갔다. 얀은 식탁 위에 놓인 자루를 열었다.

"지난번에 주문한 게 벌써 바닥났거든."

자루 안의 열매는 마누의 방에서 보았던 것과 같은 모양이었다.

"우리처럼 가난한 사람들은 살 엄두도 내지 못해. 요즘 마누 님도 돈이 바닥난 상태라 언제까지 이 일이 이어질지 모르겠지만 말이야. 신이 있다면 왜 마누 님 같은 분을 저렇게 만들어버렸는지 물어보고 싶다니까.”

아키 아줌마가 눈을 둥글게 뜨며 말했다. 홍조가 내려앉은 그녀의 볼이 귀엽게 실룩거렸다. 얀은 아키 아줌마에게선 늘 오렌지 향이 난다고 생각했다. 오렌지파이는 식탁 위의 바구니에 얼마든지 있었지만, 얀은 갓 구운 바삭한 오렌지파이를 먹고 싶은 충동에 휩싸였다.

아키 아줌마는 오후에 작은 가방을 꾸렸다. 딸이 며칠 전에 아기를 낳아 얼마 동안 그곳에 머물 작정이었다.

“이제 얀이 마누 님 옆에 있으니까. 여기에 말이야.”

아키 아줌마는 ‘여기’에 힘을 주어 말했다. 얼굴에는 자잘한 주름이 잡혀 있었다.

“참, 이걸 전해주겠니? 잠이 드셔서 만나지 못하고 가야겠구나.”

아키 아줌마가 투명한 포장지에 싼 종을 내밀었다. 투박한 모양의 종은 생각보다 무거웠다.

“할아버지 방에도 많은데 사람들은 왜 자꾸 종을 사오는지 모르겠어요.”

“마누 님에게 꼭 필요하고 특별한, 그러면서도 자신의 형편에서 벗어나지 않는 무언가를 선물해주고 싶은 거겠지. 누군지는 정확히 기억나지 않지만, 그 사람이 선물해준 작고 노란빛이 나는 종을 마누 님은 아주 만족해했어. 다락방에서 살아가는 마누 님에게는 꼭 필요하고 특별한 선물이었던 거지. 그 후에 이야기를 들으러 오는 사람들이 가끔 종을 사오기 시작했지 뭐니.”

아키 아줌마는 모자를 높이 들고 살펴보더니 챙에 달린 노란색 리본을 고쳐 맸다.

“그럼, 카르다몸은 왜 주는 거죠? 사람들에게 특별한 선물은 할아버지가 해주는 그림책 이야기잖아요.”

“뭐, 일종의 후식 같은 거라고 할 수 있겠지. 초콜릿 같은 거 말이야. 좀 생뚱맞지만 그게 마누 님이 생각해낸 조화일 테고.”

얀은 고개를 끄덕였다.

“처음에 마누 님을 믿지 않는 사람들은, 마누 님이 사악한 악마일지도 모른다고 했다니까. 온 마을에 아킴테라의 사주를 받았다거나, 아니면 외계인과 내통하는 첩자일지 모른다는 소문이 돌기도 했어. 세상에, 오래전부터 함께 지내온 사람을 두고 말이야. 마누 님이 진심이 아니었다면 지금 같은 날은 절대로 오지 않았을 거야.”

리본을 고쳐 맨 모자를 쓰며 아키 아줌마가 말했다. 그녀는 옷 여기저기에 묻은 밀가루를 툭툭 털더니 가방을 들고 밖으로 나갔다. 푸른 나무들로 둘러싸인 마당을 지나 농장 사이로 걸어가는 아키 아줌마를 얀은 창문 앞에 서서 바라보았다. 얀은 할아버지인 마누의 진심을 완전하게 믿는 건 아니었다. 그렇다고 마누가 아킴테라의 사주를 받았다고 생각하지도 않았다. 어릴 때 들었던 마누의 이야기는 얀에겐 충분히 인상적이었다.

마누는 파름 부족 후예였다. 아킴테라에서는 파름 부족의 터전을 개발해 완전한 은빛 문명을 이뤄야 한다고 주장했고, 부족원은 대부분 그들의 제안을 받아들였다. 마누는 자신의 터전을 떠나 삭막한 바람이 휘돌던 이곳으로 와 새로운 마을을 일궜다. 그에게 그것은 대립이 아닌 부드럽고 원만한 물러섬이었다.

집 안 어디선가 휘파람 소리가 났다. 언제부턴가 삼층집은 높고 낮은 음을 내는 피리가 되었다. 사십 년을 한자리에서 버텨온 언덕배기의 거대한 집은 바람이 불 때마다 우웅, 하는 소리를 냈다. 두려움에 떠는 어린 얀에게 마누는 그 신음 같은 소리가 낡은 집이 바람을 감내해내는 방식이라고 말하곤 했다. 그렇게 받아들인 바람은 외벽 곳곳에 깊게 파인 자국들을 남겨놓았지만, 낡은 집은 깊게 뿌리를 내린 나무처럼 여전히 언덕배기에 서 있었다.

아키 아줌마가 떠나고 나자 삼층집이 내는 휘파람 소리와 바람에 흔들리는 종소리만이 집 안을 메웠다. 기이 아저씨가 농장 일에 대해 마누와 이야기를 나누느라 몇 차례 방문을 했을 뿐이었다. 아키 아줌마 대신 주방 일을 하던 키라는 아기가 폐렴에 걸려 이틀 동안 오지 않았다. 얀은 키라가 가르쳐준 대로 수프를 끓였지만 맛은 형편없었다.

지난 며칠 동안 마누는 고열에 시달렸다. 그는 뜨거운 수프만 겨우 넘길 수 있었다. 이야기를 들으러 오는 사람들은 카르다몸 한 주먹만을 받고 돌아가야 했다.

"우리에게 필요한 건 이게 아니란다."

사람들은 하나같이 같은 말을 하며 집 앞에 멈춰 서서 바람에 흔들리는 종소리를 듣다 돌아가곤 했다. 얀은 그들이 종소리 속에서 무엇을 찾고 있는 것인지 알 수 없었다.

창문 밖으로 내려다보이는 농장의 어둠은 깊고 아득했다. 얀은 하루 종일 아무것도 먹지 못한 마누에게 음식을 가져다주려고 주방으로 내려갔다. 식탁의 자루가 눈에 들어왔다. 그는 자루에서 카르다몸 한 주먹을 꺼냈다. 아키 아줌마가 했던 것처럼 초록색 껍질을 벗긴 씨앗을 갈아 넣고 끓였다. 특이한 향신료 냄새가 수증기에 섞여 주방 안을 떠돌았다. 그것은 언뜻 초콜릿 냄새 같기도 했다. 얀은 수프 그릇이 놓인 쟁반을 들고 계단을 올랐다. 다락방 앞에 다다랐을 때 마누의 중얼거리는 소리가 들렸다. 발성 연습 같기도 하고 누군가의 흉내를 내는 것 같기도 했다.

"할아버지."

얀은 수프 그릇을 테이블 위에 내려놓으며 마누를 불렀다.

"내게도 연습하는 시간이 필요하거든. 얀, 창문을 열어주겠니?"

마누가 말했다. 숨을 내쉴 때마다 목에서 쇳소리가 났다.

"지금은 어두워서 아무것도 보이지 않아요."

그렇게 말하면서도 얀은 마누의 침대 오른편에 있는 창문을 열었다.

"농장의 오렌지들이 노란빛을 내려면 조금 더 기다려야겠지?"

얀은 대답 없이 고개를 끄덕여 보였다.

"얀, 책꽂이에서 스물세번째 책을 뽑아오렴."

갑자기 마누가 그림책을 찾았다. 얀은 책꽂이에서 책을 뽑아와서는 램프를 조절해 불을 키웠다. 굵은 땀방울이 흘러내리는 마누의 얼굴이 오렌지빛으로 빛났다. 마누는 의자에 얀을 앉게 한 후 그림책을 펼쳤다. 겉면은 마누를 향해 있었고, 책 속의 그림은 얀을 향해 있었다. 마누는 그림을 보지 않고 이야기를 시작했다.

"별이 보이니?"

"아뇨."

"그럼 손으로 눈을 비벼봐."

얀이 어릴 때에도 마누의 그림책은 항상 이렇게 시작되었다. 얀은 감은 눈두덩 위를 손가락으로 비볐다. 반짝이는 무수한 섬광이 나타났다 재빠르게 사라졌다.

"그 수많은 별 아래에 눈물나무의 정원이 있단다."

마누가 얀의 눈을 바라보며 말했다. 책 속에는 몸에 물방울을 매달고 있는 나무 하나가 서 있었다. 그림 밖으로 솟아오를 것처럼 나무의 모습이 생생해 보였다.

"그가 원래부터 눈물나무였던 것은 아니었어. 오래전 그는 평범한 남자였고 한 여자의 남편이었으며 새카만 머리카락에 눈동자가 브라운빛을 내는 아들의 아버지였거든. 그는 자신을 닮아 특이한 브라운빛 눈동자를 가진 아들이 자랑스러웠어. 그 눈빛은 정말 달콤한 초콜릿 같았거든. 아이는 성큼성큼 자라기 시작했지. 그는 아들이 언제나 함께 살아갈 거라 생각했단다. 자신의 정원을 이어받아 지켜줄 거라고 믿었던 거야.”

다음 장을 넘기자 푸른 정원과 온통 은빛으로 가득 찬 울타리 너머의 세계가 나란히 그려져 있었다.

“하지만 어른이 된 아들은 빛으로 환한 세계를 동경하며 그곳을 향해 떠나기로 결심했어. 화가 난 그는 아들에게 소리쳤어. 다시는 돌아오지 마라! 결국 아들은 은빛 세계를 향해 떠나버렸단다. 그렇게 몇 년이 흐른 어느 날 한 젊은 여자가 그에게 찾아왔어. 눈동자가 특이한 브라운빛을 내는 남자아이와 함께. 옛날이야기에선 늘 그렇듯, 여자는 다음 날 아이만 놔두고 그곳을 떠나버렸지.”

그림책 속에 얀과 같은 눈동자 색을 가진 작은 남자아이 하나가 서 있었다. 마누는 부족 중에서 유일하게 초콜릿빛 눈동자를 가지고 있었다고 했다. 이 때문에 마누가 태어났을 때, 녹색 눈동자의 전통을 가진 부족 사람들은 그를 신성시하거나 반대로 재앙일지도 모른다며 수군거렸다.

“아들은 영영 돌아오지 않았어. 그는 자신이 한 말 때문에 아들이 돌아오지 않는 거라 믿고 싶었어. 죽어서 돌아오지 않는 것이 아니라. 그리고 정말 그렇게 믿어버렸지. 늘 반복되는 상황에서 오래 지내다 보면 모든 걸 믿게 되거든. 눈에 보이지 않는 것들을 말이야. 가령 희망이라든지, 아니면 절망이라든지. 그는 언제나 울타리 밖을 바라보며 아들을 기다렸어. 어느 날 그는 아들이 돌아오는 모습을 제일 먼저 보기 위해 집 안에서 가장 높은 곳을, 그리고 하늘과 가장 가까운 곳을 찾아냈지.”

얀은 펼쳐진 그림을 유심히 바라보았다. 마을과 조금 떨어진 언덕배기에 커다란 삼층집이 있고 그 주위를 나무들이 에워싸고 있었다. 얀은 마누가 자기 자신의 이야기를 하고 있다는 걸 알아차렸다. 기억 속의 마누는 제르 할머니의 장례를 치른 다음 날 밤 계단을 천천히 올라갔다. 그는 그 뾰족한 다락방에 들어가 다시는 밑으로 내려오지 않았다.

“그곳에서 그는 기다렸어. 눈물나무가 될 수밖에 없었지만, 어떻게 살아가든, 그리고 어디가 되었든 아들을 기다리는 곳이 그에게는 곧 천국이었으니까. 그는 영원히 기다릴 거야. 잊지 않고, 잊지 않고, 끝까지 간직하면서 언제나, 언제나. 이렇게 눈을 감고.”

마누가 눈을 감았다. 툭, 그림책이 바닥으로 떨어지며 둔탁한 소리를 냈다.

“마누?”

얀은 눈을 감고 있는 마누의 이름을 불렀다.

“할아버지?”

마누의 몸을 흔드는 손이 미세하게 떨렸다. 땀방울이 흘러내리는 살덩어리들이 오렌지빛 속에서 너울거릴 뿐 마누는 눈을 뜨지 않았다.

정적이 이어졌다. 얀에게는 절망으로 다가오는 정적이었다. 푸우, 잠시 후 마누가 길게 숨을 뱉으며 눈을 떴다.

"귀를 기울여보렴."

마누가 말했다. 얀은 길고 긴 안도의 한숨을 내쉬었다. 그때 창문에서 조그맣게 바람이 불어와 천장에 매달려 있던 종들을 흔들었다.

어느 순간 종소리 사이로 누군가 웅얼거리는 말이 들려오기 시작했다. 얀은 자신의 귀를 의심했지만 분명 종이 울리며 내는 소리였다.

부모님 이름을 부르며 우는 남자에게 마누가 들려주었던 거미줄을 갉아 먹는 정글의 나비 이야기, 부양해야 할 가족들에 대한 원망의 말들을 쏟아냈던 청년의 흙을 먹고 사는 돼지 이야기, 남편을 기다리며 조각나고 해진 것들을 바늘로 한 땀 한 땀 깁고 이어 붙이는 키라의 하늘에 글씨를 쓰는 마법사 이야기, 살인 사건 피해자의 환영에 시달렸다던 치안대장과 이혼을 꿈꾸는 여자에게 해준 남편을 유리병 속에 가둔 미녀 이야기, 외로움 때문에 죽음을 염원하는 사람에게 들려준 얼음사나이 이야기, 그 수많은 이야기가 맑은 종소리로 사방에 울려 퍼지고 있었다.

하늘과 땅에 온통 종소리와 마누가 그린 그림들만이 가득한 것 같았다. 얀은 허공에 펼쳐진 그림책들 때문에 눈앞이 어지러웠고 아득해졌다. 그림들은 마누가 책장을 넘기기라도 한 것처럼 불쑥 앞으로 튀어나오고 불쑥 뒤로 물러섰다.

얀은 그동안 사람들이 삼층집 앞에 서서 듣고 보았던 것은 단순한 종소리가 아니었음을 알게 되었다. 고통에서 비롯되었을 모든 이야기들. 그것을 잊지 않고 간직했기에 누군가의 고통을 함께 나누고 치유할 수 있었던 할아버지 마누. 얀은 눈을 감고 할아버지 이야기에 귀를 기울이듯 조용히 종소리를 들었다.

소리는 푸르스름한 어둠이 깔리는 새벽까지 이어졌다. 잠든 마누 옆에 앉아 오랜 시간을 보낸 얀은 책꽂이의 그림책을 바라보았다. 한 땀 한 땀 바느질하듯 손수 그림을 그리고 이야기를 만들었던 마누가, 이 뾰족한 다락방에서 내려가지 못했던 게 아니라 스스로 내려가지 않았던 것일지도 모른다고 얀은 생각했다.

얀은 의자에서 천천히 일어났다. 그리고 언덕배기에 오랫동안 뿌리를 내리고 산, 거대한 눈물나무인 마누의 몸에 이불을 덮어주었다. 바람 한 점이 다락방 안으로 스며들었다. 낡은 나무집이 우웅, 낮은 피리 소리를 냈다.

모퉁이를 돌면

'카페 미세스 로렌스.'

특별할 것 없는 흘림체 글씨의 간판 앞에서 나는 잠시 머뭇거렸다.

카페 문을 밀고 들어가면 미세스 로렌스는 분명 미수의 안부부터 물을 것이다. 이제 그녀는 세상에 없는 사람이라고 말해주어야 하는지, 아니면 이미 헤어져버렸기에 소식을 모른다고 대충 둘러대야 하는지 모를 일이었다.

나는 '카페 미세스 로렌스' 건물 주변을 돌며 천천히 걸었다.

구불구불한 도로를 지나자 바닥에 비친 나무 그림자가 길게 늘어지기 시작했다. 산뜻한 공기 끝에 젖은 풀 냄새가 배어 있었다. 바람이 머리카락을 일으켜 세웠지만 귀찮은 생각이 들어 그대로 내버려두었다.

나는 낯선 길을 한없이 걸었고 도로 끝자락에는 검붉어진 해가 걸려 있었다. 오른쪽으로 휘우듬하게 꺾인 도로의 모퉁이를 돌고 나니 갑자기 눈앞에 공동묘지가 나타났다. 규모가 크지 않은 것으로 보아 가족 단위의 묘지인 듯했다. 어떤 풍경이 기다리고 있을지 모르는 모퉁이 너머에, 이런 공동묘지가 있을 줄은 꿈에도 몰랐기에 다소 당혹스러운 마음이 들었다. 도로는 공동묘지 입구에서 끊겨 있었다. 밖으로 나가려면 왔던 길을 되짚어가는 수밖에 없었다. 사위가 성큼성큼 어두워지고 있었다. 잠시 쉬어갈 생각으로 담배를 피워 물었다. 몇 걸음을 움직이자 바닥에 깔린 자갈들이 발바닥 밑에서 자그락거리는 소리를 냈다.

"이제 곧 시작될 거야."

누군가 내 어깨를 가볍게 치고 지나갔다. 오십대 중반으로 보이는 남자였다.

"네?"

나는 담배를 손에 든 채로 남자에게 물었다. 중년 남자가 그런 나를 힐끗 보더니 다시 바쁘게 몸을 움직였다. 그의 손에 들린 플라스틱 의자가 바람을 타며 잠시 흔들렸다.

"영화관에 왔을 거 아냐."

"영화관요?"

"모르고 왔단 말이야?"

"길을 잘못 든 것 같기도 합니다만. 그런데 여기 영화관이 있습니까?"

나는 담배를 자갈 위에 비벼 끄며 주위를 두리번거렸다.

"에헤, 지금 그런 걸 따질 때가 아니야. 바쁜 거 안 보여? 도와주지 않을 거면 저쪽으로 물러나 있든지. 아니면 왔던 길로 다시 되돌아가든지 마음대로 하라고."

퉁명스러운 말투였지만 그다지 언짢은 마음이 들지 않았다. 남자의 둥그렇고 납작한 콧방울이 풍기는 푸근한 느낌 때문에 그럴지도 몰랐다.

나는 잰걸음으로 오가는 남자의 모습을 멀찌감치 떨어져 바라보았다. 남자는 화물차에서 영화 장비로 보이는 기계들을 내려 공동묘지 안쪽으로 들어갔다 나오기를 반복했다. 걸음을 뗄 때마다 두툼하게 살이 오른 허리와 엉덩이를 실룩거렸다. 미세스 로렌스처럼 살아오는 동안의 굴곡을 몸매의 굴곡으로 소화한 듯해 나도 모르게 웃음이 나왔다.

"젊은이, 비켜주게나."

뒤돌아보니 노파가 지팡이를 짚고 나를 쳐다보고 있었다. 허리가 엿가락처럼 앞으로 휜 탓인지 나를 향해 한껏 눈을 치켜뜬 얼굴이었다.

"아, 예. 죄송합니다."

"그래그래, 내가 미안하구먼. 이런 몸이 되면 다른 곳으로 방향을 틀기가 어렵거든. 자, 지나갑니다."

노인이 천천히 내 앞을 지나갔다. 기이하다기보다는 만화 속의 꼬마 할머니를 떠올리게 하는 모습이었다.

대체 영화관이 어디 있다는 건지, 그리고 이런 곳에 어떻게 영화관이 생긴 것인지, 그렇다면 누가 무엇 때문에 영화관을 만든 것인지 궁금하기만 했다.

바지 주머니에 손을 넣고 주위를 둘러보며 공동묘지 안쪽으로 걸음을 떼었다.

푸르스름한 어둠이 내린 공동묘지엔 고요하고 적막한 기운이 감돌았다. 몇 개의 묘를 지나치자 저만치 길게 드리워진 스크린이 보였다. 검푸른 하늘과 맞닿은 스크린 위에서는 애니메이션이 이제 막 시작하려던 참이었다. 단단하게 고정되지 않았는지 푸근한 바람에도 스크린 자락이 한들거렸다. 그때마다 하얀 천에 어린 캐릭터들의 몸이 구부러지거나 길어지곤 했다.

스크린 앞의 의자에 앉아 있는 사람은 내 앞을 지나가던 노인이었다. 의자에 앉으면 허리가 펴지는지 노인은 곧게 뻗은 몸으로 스크린을 바라보고 있었다. 이상한 건 관객이 노인 외에는 아무도 없다는 것이었다. 두 개의 의자가 나란히 놓인 제일 앞자리에 노인이 홀로 앉아 있을 뿐이었다.

스크린을 향해 긴 빛을 쏟아내는 영상 장비들은 단순하다 못해 조악해 보이기까지 했다. 저런 장비들로 영화를 상영할 수 있다는

게 신기할 따름이었다. 내 어깨를 치며 알은체를 했던 남자가 필름
이 감긴 롤을 들여다보고 있었다. 아마도 남자가 공동묘지 영화관
의 주인인 모양이었다.

남자와 비슷한 연배로 보이는 여자가 그 옆에서 연신 벙글거리
는 얼굴로 무어라 말을 건네고 있었다. 여자가 남자의 등을 툭툭
치며 까르르 웃음을 터뜨렸다. 여자의 웃음이 바람을 타며 내 쪽으
로 불어온다는 느낌이 드는 순간 누군가 후욱, 하고 귓속으로 뜨거
운 입김을 불어 넣었다. 주위를 두리번거렸지만 입김을 불어 넣은
사람 따위는 어디에도 없었다. 뒤이어 미지근한 온기가 내 눈두덩
위를, 코를, 입술을, 목덜미를 쓸어내리며 지나갔다. 나는 그대로
등을 돌려 뛰기 시작했다. 내가 있는 이곳은 낯선 세계, 분명 내가
알지 못했던 새롭게 맞닥뜨린 낯선 세계일 뿐이었다. 숨이 목까지
차올랐다. 묘지 입구가 끝도 없이 펼쳐진 도로처럼 멀기만 했다.

미세스 로렌스.
그녀는 예상과 달리 미수의 안부를 묻지 않았다. 미수의 말을 꺼
낸 것은 오히려 내 쪽이었다.
"죽었어요. 미수 말이에요."
나는 나 자신이 분명 멍청하거나 덜떨어진 놈일 거라고 생각했
다. 그렇게 쉽고 아무렇지도 않게 말할 수 있는 일이 아니었다. 미
수가 죽었는데.

“아.”

미세스 로렌스의 반응은 덤덤했다. 싱거웠다고 해야 하는 게 맞을 것이다. 누군가에게라도 소식을 들어 이미 알고 있는지도 몰랐다. 그 누군가가 누구인지는 알 수 없었지만 묻지 않기로 했다. 굳이 궁금해하거나 묻지 않아야 할 일도 있다는 걸 나는 익히 알고 있었다.

자신을 가리켜 살아오는 동안의 굴곡을 몸매의 굴곡으로 소화했던 미세스 로렌스는 삼 년이라는 시간이 흘렀지만 여전한 모습이었다. 다부지게 벌어진 어깨와 커다란 웃음소리, 풍성하게 살이 오른 전체적인 실루엣이 과연 미세스 로렌스다웠다. 족히 스무 개의 화살도 막아낼 것 같은 미세스 로렌스의 두툼한 손이 내 앞에 커피를 가져다 놓았다. 날마다 보는 아들을 대하듯 심상한 표정을 한 그녀는 내게 어떤 말도 묻지 않았다. 나는 뜨거운 커피를 홀짝거리며 얼마간의 시간을 보냈다.

미세스 로렌스가 페치카에서 구운 감자를 들고 와 맞은편 의자에 앉았다.

“영화관에 다녀왔남?”

아는 게 너무 많아 굴곡이 많다는 불편한 지식인 미세스 로렌스는, 역시 모르는 게 없는 모양이었다. 서울 외곽의 카페에서 커피를 볶고, 요리를 하며 은둔하듯 지내지만 어쩐지 그녀는 세상의 모든 일들을 빤히 들여다보고 있는 것 같다.

"공동묘지에 영화관이 있다는 게 좀 이상하던데."

"다 사연이 있는 거지, 이상할 건 없어."

이어 미세스 로렌스가 들려준 공동묘지 영화관 남자의 사연은 이러했다.

공동묘지에는 남자의 어린 아들이 묻혀 있다. 아들은 몇 년 전 사고로 죽었고 살아 있을 때 유난히 만화영화를 좋아했더랬다. 그런 아들을 위해 남자는 어느 날부턴가 아들의 묘지 앞에서 영화를 상영하기 시작했다. 처음에는 남자의 아들만을 위한 영화관이었지만 지금은 더러 다른 사람들도 영화를 보러 온다는 것이다. 그들은 자신들이 떠나보낸, 그리고 자신들을 떠나버린 사람을 불러내 영화를 본다 했다.

"에이."

미세스 로렌스의 이야기를 듣고 나서 나는 실소를 터뜨렸다.

"각자 해석하기 나름이야."

미세스 로렌스가 담배에 불을 붙이며 말했다.

그게 가능한 일인가. 설령 그렇다 해도 그것은 단지 슬픔에 갇힌 사람들의 소망이 불러낸 환영에 불과할 것이었다.

"그럼 네 옆에 그건 누구냐?"

미세스 로렌스의 뜬금없는 말에 나는 들고 있던 찻잔을 테이블 위로 쏟았다. 목구멍으로 넘어가던 커피 때문에 사레가 들려 한참 동안 마른기침을 해댔다. 등줄기가 서늘했다. 미세스 로렌스가 예의 커다란 웃음소리를 내며 어깨를 실룩였다.

"아, 장난이 너무 심하잖아요."

"다시 가봐. 혹시 알아? 예상치 못하게 엄청 재밌는 일이 생길지도 모르잖아."

"글쎄, 별로."

"밥통."

"물곰."

우리는 예전처럼 서로의 별명을 부르며 웃었다.

카페 안으로 한 무리의 사람이 들어왔다. 일순 실내가 왁자지껄한 시장터로 변했다. 미세스 로렌스가 덩치에 어울리지 않게 엷은 미소를 지으며 자리에서 일어섰다.

나는 '카페 미세스 로렌스'에서 아르바이트를 했었다. 친구 놈이 일찌감치 군대에 가며 옜다, 하고 던져준 일거리였다. 일층에서는 주로 커피와 음식을 팔고 이삼 층은 모텔로 사용되는 '카페 미세스 로렌스'는 주인을 닮아 좀 기이한 분위기를 풍기는 곳이다. 주변에 산이 있는 것도 아니고 바다가 있는 것도 아닌데 변두리 카페는 늘 사람들로 북적였다. 미세스 로렌스는 자신이 풍기는 매력의 늪에 사람들이 빠져서라고 했고, 믿고 싶진 않았지만 그건 사실이었다. 그녀에게는 기이하고 푸근하고 사람을 잡아끄는, 뭐랄까 말로 설명할 수 없는 어떤 기운 같은 것이 있었다. 그녀의 본명이 '문복자'였나, 정확하게 기억나지는 않는다. 남편이 미국인이었는데 그녀를 퍼피 로렌스, 라고 부르며 모닝커피를 침대까지 배달했다고 한다.

손님으로 왔던 미수를 만난 것도 그때였다. 나는 말로만 들었지 생전 보지도 못했던 페루의 전통 악기를 연주한다는 말에 호기심을 갖게 되었다. 그러던 어느 날 카페 문을 밀고 나가던 그녀가 풀썩, 바닥에 쓰러졌다.

손님 중의 하나가 살피더니 '이 여자는 지금 잠을 자고 있는 것 같아요'라고 말했다. 이어 의학적 소견이라는 말과 함께 갖은 폼을 다 잡고 긴 설명을 늘어놓았으나 귀에 들어오지 않았다. 미수의 입가에 미세한 움직임이 있었다. 웃고 있는 것이었다. 그리고 미세스 로렌스가 '이제 그만 일어나시지'라고 말하자, 미수는 어물쩍 일어나 엉덩이를 털었다. 알고 보니 밖으로 나가려다 제 발에 걸려 넘어진 거였다. 창피한 생각이 들어 기면증이 있는 것처럼 그냥 누워 있었다고 했다. 의학적 소견을 내놓았던 남자는 빠른 걸음으로 자신의 자리로 돌아갔다.

그 후 미수는 차라리 바로 일어났어야 했다며 얼굴을 붉히곤 했다. 나는 그녀의 엉뚱함이 좋았고, 그녀가 내 앞에서 서툰 솜씨로 연주하는 페루 악기의 갈대 바람 소리가 좋았다. 미수와 나는 날마다 '카페 미세스 로렌스'에 앉아 커피를 마시고 음악을 들었으며 삼층의 구석진 방에서 서로를 안았다.

그렇게 똑같은 하루를 보내는 동안 일 년이 지났고, 무엇이든 오래 버티지 못하는 나는 곧 '카페 미세스 로렌스'를 그만두었다. 호기심의 열망이 컸던 만큼 식는 속도도 빨라, 미수에 대한 사랑도 슬슬 지겨워지기 시작했다. 미수를 만나고 난 후 한 번도 나 혼자 주말을 보내본 적이 없다는 걸 깨달았다. 나는 말똥말똥한 눈망울로 나만을 바라보는 그녀가, 해사한 그녀의 웃음빛이, 엄지발가락보다 가운뎃발가락이 긴 그녀의 발이, 유난히 머리숱이 많은 그녀의 정수리가, 휘파람 소리가 묻어나던 그녀의 날숨이, 그녀가 연주하던 갈대 바람 소리가 지겨웠다.

날이 갈수록 초침을 셀 정도로 함께 있는 시간은 지루하기만 했고 나는 더 이상 참지 못하고 일방적으로 미수에게 이별을 알렸다. 그녀는 헤어지고 난 후 날마다 전화를 걸어왔고 나는 한 번도 받지 않았다. 그리고 후회 따윈 하지 않았다.

내 방에서 다운받은 영화를 보며 느긋한 시간을 보내고 있던 주말 저녁 미수의 엄마라는 여자가 미수의 장례식에 참석해달라고 전화를 해왔다. 미수는 공중전화를 쓰기 위해 빙판길을 건너다 넘어져 죽었다고 했다. 손에 들고 있던 맥주 캔과 팝콘 통이 바닥으로 떨어졌다. 그와 동시에 머릿속에서 펑, 하고 커다란 과자 봉지 터지는 소리가 났다. 바닥으로 흩어진 팝콘 따위는 중요하지 않았다. 미수가 죽었다는데.

하얀 분말이 된 미수는 바람을 타며 사방으로 흩어졌다. 미수의 마지막을 바라보며 울컥, 목이 메었던 것 같기도 하다. 아마 조금의 눈물도 흘렸을 것이다.

나는 다시 일상으로 돌아왔고 미수를 잊었다. 그렇게 믿었다. 하지만 그 후로 다른 여자를 만나려고 하면 미수가 쑤욱, 하고 솟아올랐다. 미수를 잊지 못한 것도, 그녀의 환영이 보이거나 환청이 들리는 것도 아닌데 다음번도, 그 다음번도, 역시 그 다음번에도 마찬가지였다. 말똥말똥한 눈망울로 나만을 바라보던 그녀가, 해사한 그녀의 웃음빛이, 엄지발가락보다 가운뎃발가락이 긴 그녀의 발이, 유난히 머리숱이 많은 그녀의 정수리가, 휘파람 소리가 묻어나던 그녀의 날숨이, 그녀가 연주하던 갈대 바람 소리가 슈욱, 슈욱, 바람 소리를 내며 솟아올랐다.

사람들은 가끔 왜 여자친구를 만나지 않느냐고 내게 물었다. 나는 누구에게나 굳이 궁금해하거나 묻지 않아야 할 일도 있다는 걸 깨닫게 되었다.

늦잠을 잔 나는 오후가 되어서야 방에서 내려왔다. 밤새 봄바람이 창틀을 흔드는 소리가 들렸다. 미세스 로렌스는 주방에서 치즈케이크를 만드느라 분주했다. 세상에서 가장 큰 치즈케이크를 만들어 사람들과 나눠 먹는 게 꿈이라는 그녀의 소망은 늘 경제적인 문제에 발목이 잡혔다.

"우리 로빈슨이 반드시 도와줄 거야. 그렇지, 허니?"

미세스 로렌스가 앞치마에 묻은 밀가루를 털어내며 허공에 대고 말했다. 대체 저런 난감한 발상은 어디서 나오는지 모르겠다. 죽은 사람이 무얼 할 수 있다고.

미세스 로렌스는 남편인 로빈슨이 죽었지만 변함없이 '카페 미세스 로렌스'를 지키며 살아가고 있었다. 소문에 의하면 로빈슨은 킬러였고 그 때문에 죽었다 했다. 직업이 킬러였지만 생명을 소중하게 생각하는 사람이라서 누군가 꽃을 꺾거나 강아지를 발로 차기라도 하면 몹시 화를 냈다. 칼을 맞은 날도 누군가의 발에 밟힌 민들레를 들여다보다 아이러니컬하게 죽음을 맞이했다는데 사실 여부는 알 수 없다. 그저 카페를 찾은 사람들이 지어낸 괴상한 이야기일 수도 있고 정말 사실일 수도 있었다.

나는 미세스 로렌스가 바짝 태워버린 딱딱한 치즈케이크를 스푼으로 떠먹었다. 페치카의 모닥불에서 물을 끓여 방금 빻은 커피에 넣으면 이 분 만에 완성되는 미세스 로렌스 표 커피를 마시고 해가 질 무렵 카페를 나섰다.

산책이나 할 생각이었는데 멍하게 걷다 보니 어느새 공동묘지 영화관을 향하고 있었다. 이유를 알 순 없었다. 미세스 로렌스의 말대로 재밌는 어떤 일을 기대한 것인지도 몰랐다.

영화관에 관객은 없었다. 주인 남자와 여자는 플라스틱 의자에 앉아 커피를 마시는 중이었다. 나를 발견한 남자가 커피 잔을 손에 든 채 의자에서 일어섰다. 그리고 작은 테이블 위에서 익숙한 손놀림으로 커피를 타 내밀었다. 남자가 내게 다시 온 이유를 묻지 않았으므로 나는 아무런 설명이나 대답도 하지 않았다. 나처럼 지나가듯 들른 사람들에게 베푸는 일종의 배려 같았다. 엉겁결에 남자가 내민 커피를 받아 들었다.

"천 원."

남자가 말했다.

"네?"

"커피 값, 천 원이라고."

"아, 네."

"이래 봬도 맛은 기막히다고. 마시는 사람의 마음에 따라 다르겠지만."

남자가 말했다. 어쩐지 뒤통수를 맞은 느낌이었지만 나는 바지주머니를 뒤져 흔쾌히 커피 값을 지불했다. 예상치 못했던 일이라는 것도 있으니까. 이것이 미세스 로렌스가 말한 엄청나게 재밌는 일에 드는 건지는 모를 일이다.

남자가 플라스틱 의자를 가져왔다. 나는 남자가 놓아준 의자에 앉아 커피를 마저 비웠다. 커피는 아주 달고 뒷맛이 텁텁했지만, 미세스 로렌스가 만들어준 커피와는 또 다른 맛이 느껴졌다. 미세스 로렌스가 만든 커피는 흰빛의 담박한 맛을 내는 데 비해, 남자의 커피는 차지고 코믹한 맛이 났다. 하지만 그 둘은 분명 어딘지 모르게 닮은 구석이 있었다.

영화가 시작되자 남자와 여자는 다시 나란히 앉아 스크린을 바라보았다. 옅은 바람이 불었다. 스크린 자락이 한들거렸다. 하얀 천에 어린 캐릭터들의 몸이 구부러지거나 길어졌다. 남자와 여자는 슬픔의 시간에 갇혀 있을 것이다. 저렇게 아들의 죽음을 반복하며 하루하루를 고통 속에서 살아가고 있는 것이다.

영화는 일본의 유명한 애니메이션 감독이 만든 작품 중의 하나였다. 다시 봐도 지루하지 않을 영화였지만 나는 자리에서 일어섰다. 빈 종이컵이 바람을 타며 바닥으로 떨어졌다. 컵을 주워 의자에 놓으려다 구겨서 재킷 주머니에 넣었다. 남자가 그런 나를 향해 손을 흔들었다. 나도 남자를 따라 손을 흔들었다.

며칠 동안 느지막이 밥을 먹고 카페를 나와 이곳저곳 산책하는 일로 시간을 보냈다. 친구 녀석이 전화를 걸어와 대체 무얼 하느라 이곳에 처박혀 있는지 물었고 나는 나도 잘 모르겠다고 대답했다. 여자도 사귀지 못하는 빙충이가 언제나 빙충이 짓만 한다고 녀석이 잔소리를 해댔다.

영화관은 공동묘지 관리인의 수락하에 일정 시간 동안만 문을 연다고 했다. 영화는 매번 내가 이미 보았던 작품들이 상영되었다. 나는 두세 번 더 영화관을 다녀왔다. 딱히 할 일도 없었고 남자가 타준 커피가 마시고 싶기도 했다.

"근처에 호수가 있어. 몰랐지?"

미세스 로렌스가 페치카에 장작을 넣으며 말했다.

"호수요?"

"이곳 사람들은 소원을 비는 호수라고들 해. 가끔 유령이 나오기도 한다지. 이히히히."

미세스 로렌스가 귀신 흉내를 내며 웃었다. 나는 마뜩찮은 표정을 지어 보였지만 산책 삼아 한 번쯤은 가봐도 괜찮겠다고 생각했다.

"오늘도 영화관에 갈 거야? 아직 누굴 만나본 건 아니고?"

"누구?"

"네게 꼭 필요한 사람."

"그러니까 누구."

"잘 보라고. 아님 말고."

"쳇."

나는 손가락으로 머리카락을 쓸어 올렸다. 가방에 든 입영 통지서가 떠올랐다. 이제 곧 머리카락을 잘라야 할 것이다. 무엇을 찾고자, 그리고 무엇을 보고자 이곳에 온 건 아니었다. 스물일곱이라는 나이에 아직 군대도 다녀오지 않았으며 백수인 내가 선택할 수 있는 것들이 지극히 적다는 걸 모르지 않는다. 나는 늘 이유 없는 패배감에 젖어 있었고 종이처럼 바스락거렸다. 이곳에 오기 전 며칠 동안 미수의 꿈을 꾸었다. 영혼도 나이를 먹는지 미수는 조금 나이가 든 모습이었다. 하지만 나를 부른 게 꿈속의 미수인지 내 패배감의 시작인 나의 시간인지 정확히 설명할 수는 없었다.

카페를 나와 또 이곳저곳을 돌아다니다 결국 영화관으로 걸음을 옮겼다. 영화관 남자는 늘 그랬듯이 내게 커피를 내밀었고 나는 돈을 지불했으며 똑같은 자리에 앉아 커피를 마셨다.

서로에 대해 아무런 말도 묻지 않던 남자와 나는 그사이 몇 마디를 주고받는 사이가 되었다. 그 몇 마디라는 것도 남자가 내게 일방적으로 건네는 말이 대부분이었다.

"수수께끼 하나 낼까?"

남자가 의자를 가져와 내 옆에 앉으며 말했다. 나는 커피를 한 모금 머금으며 고개를 끄덕였다.

"어떤 사람이 낯선 길을 걷고 있었어. 처음에는 산책이나 하려고 나왔던 길이었지. 예기치 못하게 날은 어두워지고 인적도 드문 곳이라 길 위에 오직 그 사람만 있게 된 거야. 남자는 계속 걸어갔어. 그러다 보니 휘우듬한 모퉁이 길 앞에 서게 되었단 말이야. 어쨌든 계속 걸어가기로 했으니까 모퉁이를 돌긴 돌아야 하잖아. 그런데 모퉁이 너머에서 눈발 섞인 차가운 바람이 불어오는 거야. 앞이나 뒤, 어디로 가든 어떤 일이 펼쳐질지 모르는 상황인 거고. 자네라면 어떻게 하겠나?"

"글쎄……."

"객관식이야."

"아."

"일 번, 자신이 왔던 길을 다시 되돌아간다. 이 번, 눈보라가 치는 모퉁이를 돌아 계속 걸어간다. 삼 번, 너무 두려운 나머지 그냥 죽어버린다. 사 번, 날이 밝을 때까지 그냥 그 자리에서 기다린다. 답을 맞히면 기가 막히게 맛있는 커피가 공짜."

남자가 손가락을 허공에서 빙글빙글 돌렸다. 나를 놀리려고 낸 문제는 아닌 것 같았다. 그럴 이유는 없었다. 한참을 생각했지만 결국 나는 대답하지 못했다.

"답을 고르기가 쉽지 않지? 모두가 답일 수도 있고 모두가 답이 아닐 수도 있어. 일 번이나 이 번을 고를 수도 있고, 삼 번이나 사 번을 고를 수도 있겠지. 정답이라는 게 있기는 한 것일까 싶을 거고. 우리는 늘 선택의 기로에 서 있는 거니까."

"……."

남자가 손으로 머리카락을 몇 번 쓸어 올렸다. 나는 그의 손가락을 바라보았다. 굵은 마디마다 내가 알 수 없는 무언가가 고여 있는 듯한 느낌이었다.

"사람들은 우리 부부가 미쳤다고 생각하겠지. 고통에 갇혀 살아간다고도 하고. 당연해. 처음엔 죽는 게 차라리 나았거든. 아이를 산에 데려가지 않았더라면 바위에서 떨어져 죽는 일 따윈 일어나지 않았을 테니까. 결국 아들 녀석의 무덤에서 죽으려고 이곳을 찾아왔었어. 그런데 누군가 귀에 대고 후욱, 입김을 불어 넣는 거야. 우리는 그것이 아들아이라는 걸 단박에 알아챘지. 녀석이 우리 곁에 있다는 걸."

남자는 그 후 날마다 아이를 위해 영화를 틀었다고 했다. 아이가 늘 좋아했던 애니메이션을 보며 묘지 앞에서 일종의 축제를 벌인 것이다. 아이가 자신들 곁에 함께 있다고 믿으며 자신들만의 방식으로.

남자의 아이는 바람을 타며 찾아온다. 스크린 자락을 흔들고 캐릭터들의 몸을 구부리며, 부부를 위해 춤춘다. 그러니까 부부에게 영화관은 곧 행복의 묘지라는 말이었다.

믿기지 않는 일이었다. 그게 가능한 일인가. 죽은 영혼이 찾아와 입김을 불어 넣고 바람을 타며 춤을 춘다는 게. 남자는 내 마음을 읽었는지 때로는 보이지 않는 것이 더 위안이 될 수 있다는 말을 덧붙였다. 산 사람과 영혼의 경계를 나누는 것은, 그들의 존재를 믿고 싶지 않은 산 사람의 마음이지 않겠느냐고도 했다. 남자의 말대로 영혼이 있다면 미수는 왜 내 앞에 나타나지 않는 것일까. 그러니까 그게 가능한 일인가.

"자신이 보고 싶은 것을 보며 믿고 살아가는 것도 나쁘지 않아. 설령 그게 눈에 보이지 않는 것들일지라도."

이제 보니 남자는 허무맹랑한 말을 늘어놓는 궤변가일 뿐이었다. 나는 공동묘지 영화관에는 다시 오지 않겠다고 생각하며 자리에서 일어섰다.

"괜찮은 거야?"

눈을 떠보니 미세스 로렌스가 나를 내려다보고 있었다.

"아, 왜."

"밤새 열이 났었단 말이지. 죽으려면 그냥 죽든지, 그 정도로 사랑했었다면. 사람 귀찮게 하지 말고."

"잔인한 물곰이시네."

나는 이마에 얹힌 수건을 걷어내며 말했다.

미세스 로렌스는 지겹지도 않은지 또 치즈케이크를 만들었다. 나는 이곳에 온 후로 미세스 로렌스가 실험 삼아 구워보는 엉터리 치즈케이크를 날마다 먹었다. 달걀 탄내가 진동하는 오늘의 케이크는 좀 심각했다. 페치카의 모닥불에서 물을 끓여 방금 빻은 커피에 넣으면 이 분 만에 완성되는 미세스 로렌스 표 커피도 오늘따라 신맛이 강했다.

"대체 왜 이러고 사는 거예요? 실패한 치즈케이크는 이제 지긋지긋해. 뭐야, 커피 맛도 심각하잖아."

나는 테이블에 포크를 내려놓았다.

"어머."

미세스 로렌스가 과장스럽게 눈을 깜빡거렸다.

나는 그 길로 카페 문을 밀고 나왔다. 미세스 로렌스가 내 등에 대고 짐은 가져가라며 예의 커다란 목소리로 소리를 질렀지만 뒤도 돌아보지 않았다.

호기롭게 '카페 미세스 로렌스'를 나왔지만 갈 곳이 없었다. 영화관으로 다시 가고 싶지는 않았다. 나는 되는 대로 이곳저곳을 기웃거리며 시간을 보냈다. 종아리가 뻐근해지자 쉴 곳이 필요하다는 생각이 들었다.

미세스 로렌스가 말한 호수는 생각했던 것보다 멀리 있었다. 호수의 위치를 묻는 내게 사람들은 턱짓으로 그저 저쪽, 이라고만 대답했다. 나는 웃자란 풀들이 바람을 따라 눕는 풀밭 속의 호수를 상상하며, 사람들에게 물어물어 호수 근처에 도착했다. 푸르게 돋아난 풀밭 위에 누워 하늘을 올려다보고 싶었다. 저만치 호수로 가는 노란색 푯말이 보였다.

호수는 작은 연못 같았고 웃자란 풀도 없는 주변은 지나가기만 해도 흙덩이가 허물어졌다. 소원을 비는 호수라고 해서 기대가 너무 컸었다. 나는 왔던 길을 다시 되돌아가기 위해 몸을 돌렸다. 순간 발밑이 푹 꺼지는가 싶더니 아래로 미끄러지기 시작했다. 손에 잡히는 것은 아무것도 없었다. 수영을 할 줄 몰랐으므로 어찌해보지도 못하고 호수에 빠져 팔을 허우적거렸다.

배가 불룩해질 정도로 물을 먹고 나자 온몸의 힘이 빠졌다. 차라리 이대로 죽는 게 나을지 모른다는 생각이 들었다. 그러면 미수를 볼 수도 있을 텐데.

천천히 호수 밑으로 가라앉는 동안 수많은 장면이 펼쳐졌다.

미수가 공중전화 부스를 향해 걸어가는 모습이 뿌옇고 흐물흐물하게 보였다. 자신의 전화를 받지 않는 내게 공중전화를 걸기 위해서였는지, 아니면 우연한 일이었는지는 알 수 없었다. 중요한 것은 내가 정말 미수를 사랑했고, 아직도 사랑하고 있다는 사실이었다.

미수를 향해 손을 내밀었다. 그녀가 나를 돌아보았다. 그리고 웃었다. 그 웃음을 보고 나자 갑자기 나 자신은 이미 모퉁이를 돌고 있었다는 생각이 들었다. 눈을 질끈 감았다. 물속에서 마지막일지도 모르는 긴 숨을 뱉었다. 눈앞이, 머릿속이 하얀빛으로 아득했다.

그때였다. 무언가가, 내 엉덩이를 살짝 밀어 올렸다. 가볍고 둥근 풍선처럼 느껴지는 누군가의 손이었다. 바닥으로 가라앉던 나는 다시 수면을 향해 올라가고 있었다. 팔을 허우적거리지도 않았고 어떤 몸짓도 하지 않았는데도 저절로 몸이 위를 향하고 있었다. 호수 가장자리에 닿자 내 엉덩이를 밀어 올리던 누군가의 손이 뒤로 쑤욱, 물러났다. 나는 엎드린 채 호수 주변으로 기어올랐다.

문득 뒤를 돌아보았다. 구겨진 종이컵이 호수 위를 떠다니고 있었다. 내가 공동묘지 영화관에서 재킷 주머니에 넣어두었던 것이었다. 뽁, 하는 소리와 함께 종이컵이 물속으로 빨려들어갔다. 수면의 커다란 거품 하나가 터지며 햇살과 함께 사방으로 흩어져 내렸다. 순식간이었지만 그 수면 막 사이로 미수가 나를 향해 손을 흔드는 모습이 보였다. 분명 미수였다.

눈을 한 번 끔벅거리고 나니 아무 일도 없던 것처럼 호수는 잔잔해져 있었다. 나는 이미 사라지고 없는 미수를 향해 천천히, 그리고 오랫동안 손을 흔들었다.

"아침엔 아무 말 없더니 이렇게 갑자기 가는 건 뭐람. 의리 없이."

미세스 로렌스가 말했다. 그리고 그녀는 드디어 완벽한 치즈케이크를 만들었다. 혀끝에서 살살 녹는 부드러운 맛이 일품이었다.

"합격. 한숨이 나올 정도로 맛있어요. 그래, 미세스 로렌스의 허니는 케이크를 맛보고 뭐라고 합니까?"

"우리 로빈슨이 너보고 웃기신단다."

"근데, 정말 킬러였어요? 미세스 로렌스 허니 말이에요."

내 말에 미세스 로렌스가 눈물을 찔끔거리며 한참을 웃어댔다.

"그렇게 보고 싶은 사람들이 만든 소문일 뿐이야. 하지만 뭐, 나쁘지 않아. 재밌잖아."

미세스 로렌스가 들려준 킬러 로빈슨의 이야기는 상상했던 것만큼은 아니었지만 분명 특이하긴 했다. 꽃을 사랑하는 식물학자였던 로빈슨은 한국에만 자생한다는 난꽃을 보기 위해 비행기를 탔다. 그리고 잠시 가이드를 맡았던 문복자 씨에게 반해 한국에 눌러앉게 되었다.

"칼에 맞았다면서요."

"아이고, 아니라니까. 산에서 미끄러지는 바람에 뾰족한 나뭇가지에 찔린 것뿐이야. 그렇지, 허니?"

미세스 로렌스는 자신의 옆을 바라보며 또 웃었다. 나는 그런 미세스 로렌스를 향해 멋쩍은 웃음을 지어 보였다.

미세스 로렌스가 케이크 조각을 일회용 용기에 포장해 내밀었다.

"아르바이트생은 이제 안 써요?"

나는 케이크를 받아 가방에 넣으며 물었다.

"뭐하러, 혼자서도 잘할 수 있는데."

족히 스무 개의 화살도 막아낼 것 같은 미세스 로렌스의 두툼한 손이 내 등을 팡팡 두드렸다. 휘청거리는 온몸에 진동이 느껴졌다. 살아오는 동안의 굴곡을 몸매의 굴곡으로 소화한 미세스 로렌스는, 이렇게 계속 로빈슨만의 미세스 로렌스로 살아갈지도 모르겠다.

미세스 로렌스가 울컥, 덩치에 맞지 않는 눈물을 쏟았다.

"만났으니까 됐다."

그러고는 다부지게 벌어진 어깨로 나를 끌어당겨 안았다. 팔의 힘이 너무 세서 등이 아플 정도였다. 나는 미세스 로렌스의 과도한 애정 표현이 실린 배웅을 받으며 '카페 미세스 로렌스'를 나왔다.

영화는 아직 시작 전이었다. 영화관 남자는 여느 때처럼 유쾌한 목소리로 내게 인사를 건넸다. 나는 커피 값 대신 가방에서 꺼낸 치즈케이크를 펼쳐놓았다. 영화관 주인 남자는 관객으로 와 있던 젊은 남자가 손사래를 치며 사양하는데도 기어이 불러와 앉혔다. 잠시 후 초로의 남자가 영화관으로 들어서자 영화관 주인 남자는 의자 하나를 더 가져와 앉았다. 영화관에 모인 사람들은 작은 테이블을 중심으로 둥글게 모여 앉아 이런저런 이야기를 나누며 미세스 로렌스가 만든 치즈케이크를 먹었다.

사위에 검푸른 어둠이 내려앉기 시작했다. 영화관 남자가 영상 장비 전원을 켜 보랏빛 조명의 포인트를 스크린에 맞추었다. 나는 사람들과 조금 떨어진 곳에 의자를 가져가 앉았다. 영화관 남자가 내 옆에 빈 의자를 가져다 놓았다. 눈이 마주쳤지만 남자도 나도 아무런 말을 하지 않았다. 나는 손에 들고 만지작거리던 종이컵을 빈 의자 위에 놓았다.

상영되는 것은 이미 보았지만 다시 본다 해도 후회하지 않을 그런 영화였다. 제일 앞자리에 앉은 초로의 남자가 손등으로 계속 눈물을 훔치며 코를 훌쩍였다. 휴지가 필요해 보였지만 영화관 남자는 움직이지 않고 줄곧 한자리에 앉아 있었다. 초로의 남자가 답답했는지 손가락으로 코를 풀어 바닥에 흩뿌렸다.

영화를 보는 내내 나는 옆자리의 종이컵을 흘끔거렸다. 잠시 온기 섞인 바람이 불었을 뿐 아무 일도 일어나지 않았다. 하지만 나는 알 수 있었다. 옅은 바람이 스크린 자락을 흔들고 있다는 것을. 그래서 캐릭터들의 몸이 길어졌다가 짧아지고 구부러진다는 것을. 설령 그것이 바람의 영혼이 아니라고 해도 상관없었다. 그들이 영화관에서 벌어지는 축제에 찾아와 리듬을 타며 춤추는 것이 아니라고 해도 정말 상관없는 일이었다.

아코디언, 아코디언

"아코디언을 배워야겠어."

할아버지가 말했다. 기다란 손가락이 아코디언 몸체를 신중하게 훑어 내려갔다. 부드럽고 결 고운 햇빛 알갱이들이 분홍색 매니큐어를 바른 그의 손톱 끝마다 내려앉았다.

"뭐에 쓰려고?"

나는 펼쳐놓은 책에 볼펜 끝을 탁탁 두드리며 물었다. 할아버지는 아무런 말이 없었다. 손가락으로 천천히, 답답할 정도의 느린 속도로 건반과 건반 사이를, 주름과 주름 사이를, 자잘한 버튼과 버튼 사이를 오갈 뿐이었다. 할아버지가 신중하게 움직일수록 볼펜을 쥔 내 손놀림에 속도가 붙었다. 나는 슬며시 볼펜을 내려놓았다.

어디선가 주워왔다는 아코디언은 여기저기 칠이 벗겨지고 하얀 건반 네 개가 빠져 있었다. 할아버지가 종종 주워온 것 중 가장 쓸모없는 물건 같았다. 저걸 어쩔 셈일까 생각하니 저절로 한숨이 나왔다. 버려진 것에는 분명한 이유가 있기 마련이었다. 드러나지 않고 조용히 그 자리에 있어야 하는 것들이었다. 쓸모없는 것, 더 이상 필요 없어진 것들에겐 어쩔 수 없이 받아들여야 하는 각자의 몫이 있다고 나는 생각했다.

할아버지가 아코디언 손잡이를 잡고 주름을 늘였다. 봄 햇살 속으로 먼지가 반짝거리며 날아올랐다. 주름이 다시 접히며 푸푸, 바람 빠지는 소리가 새어 나왔다. 아무리 노력해도 제대로 된 소리가 날 것 같지 않은 악기였다. 할아버지는 그렇게 온종일 먼지를 풀럭거리며 주름을 접었다 펴기를 반복했다. 높낮이 없는 단순하고 무의미한 바람 소리뿐이었다. 나는 읽고 있던 책으로 시선을 옮기며 고개를 저었다.

풍풍.

갑자기 아코디언이 소리를 냈다.

"와우."

할아버지가 립스틱을 바른 빨간 입술을 동그랗게 오므리며 말했다. 집에 가져온 후 처음 듣는 아코디언 소리는 악기 특유의 음이 아닌, 그냥 소리라고 말할 수밖에 없었다. 내가 고개를 갸웃거리자 할아버지는 속눈썹을 빠르게 깜박거리며 어깨를 으쓱해 보였다. 어떻게 소리가 난 것인지 자기도 모르겠다는 표정이었다. 나는 그에게도 슬픔이나 고통 따위의 임계점 같은 것이 있을까 잠시 생각했다.

"그 소리 같지 않니? 우리 집 비법 말이야."

할아버지는 줄곧 매만지던 아코디언을 한쪽으로 밀어놓았다. 늘어났던 주름이 접히며 다시 제자리로 돌아갔다. 나는 할아버지가 잼 만들 때 넣는 술을 떠올렸다. 하얀 항아리에 담긴 술은 그만의 비법이었다. 항아리에 귀를 대면 술이 익으며 퐁퐁, 소리가 난다는데 나는 한 번도 들어본 적이 없었다. 아무리 오랜 시간 그렇게 있어도 항아리에 닿은 귀가 차갑다는 생각만 들뿐이었다. 한 번도 들어본 적 없으니 그게 어떤 느낌인지 알 수 없었다. 할아버지가 만드는 잼도, 비법인 술도 내게는 알 수 없는 세계였다.

할아버지가 거울을 들여다보며 머리카락을 그러모아 묶었다.

"어제보다 주름이 더 늘어난 것 같아. 속상해."

거울에서 물러나는 할아버지 얼굴이 새까맸다. 나는 거울 앞에 선 그를 볼 때마다, 그가 몹시 쇠약하고 늙어가는 사람이란 걸 깨닫곤 한다.

오랜 시간이 흘렀지만 할아버지와 처음 만나던 장면은 하나도 빼놓지 않고 기억해낼 수 있다. 마루 한쪽에 즐비하던 뾰족하고 푸른 알로에 화분들, 벽을 온통 차지하고 있는 강아지 사진, 질서 있게 양철 지붕을 두드리던 빗방울 소리, 어두컴컴한 조명과 빠끔하게 열린 미닫이문에서 새어 나오던 연한 화장품 냄새 따위가 어우러진 풍경이 둥글고 투명한 막에 싸여 있다.

함께 살기 시작하면서 할아버지가 특별히 이상하게 굴었던 건 아니었다. 가끔 내게도 자기 방식을 고집했지만—일테면 아침에 일어나자마자 양치질을 해야 한다든지, 변기에 튀지 않게 앉아서 오줌을 누거나 밖에 나갈 때는 꼭 선크림을 발라야 한다든지—그런 것들만 빼면 대체로 상냥한 사람이었다. 배가 고프면 몹시 난폭해졌지만 식사 후에는 금세 온순한 표정으로 되돌아왔다. 커피를 심각할 정도로 많이 마셨지만 불면의 밤을 보내지도 않았다. 다만 그런 보편적인 잣대로 설명할 수 없는 특징을 가졌다는 게 문제라면 문제였다.

"미안, 이런 할망구라서."

그가 내게 건넨 첫마디였다. 나는 눈을 멀뚱거리며 마루에 그냥 앉아 있었다. 할아버지의 빨간 입술이 연필심처럼 뾰족했다. 기이하거나 거부감이 일 정도로 이상하지는 않았다. 처음부터 그랬던 건 아니지만 예상치 못했던, 깜짝 놀랄 만큼 엉뚱한 자신의 삶 쪽으로 유연하게 몸을 틀어 살아온 사람이라는 느낌이었다. 표정이나 걸음걸이, 목소리, 어딘지 모르게 언밸런스해 보이는 골격과 생김새가 모든 걸 말해주고 있었다.

잼을 만들 시간이었다. 할아버지는 딸기가 담긴 바구니를 마룻바닥에 가져다 놓았다. 어제 과일가게 김씨 아저씨에게 떨이로 사온 것이었다. 사람들에게 할아버지는 잼 마마로 통했다. 그가 만드는 잼을 사가는 건 그 맛을 아는 사람이나, 소문을 듣고 찾아오는 사람들이 대부분이었다. 당연히 손님은 많지 않았다. 공짜로 여기저기 나누어주거나 덤으로 얹어주는 양이 더 많았다.

딸기 꼭지를 하나하나 떼어내는 할아버지의 손이 바쁘게 움직였다. 분홍색 매니큐어를 바른 손톱들이 옅은 햇빛 속에서 반짝거렸다.

퐁퐁. 퐁퐁.

아침 내내 할아버지만의 비법 술이 익으며 내는 소리를 들었다. 잠결이었지만 오랫동안 항아리에 대고 있었던 것처럼 귀가 차가웠다. 눈을 떠보니 마루에 앉아 아코디언을 끌어안고 있는 할아버지 모습이 보였다. 주름을 접었다 펴기를 수없이 반복했다. 할아버지에게 그것은 어떤 일의 진중한 시작처럼 보였다.

아코디언 연주를 시작한 후론 매일 이런 풍경으로 아침이 시작되었다. 이상하게 할아버지의 아코디언 소리가 낯설지 않았다. 희미하게 아른거리는 그림자 같은 풍경이 머릿속에 떠올랐다. 어떤 젊은 남자가 아코디언을 연주하는 장면이었다. 소리는 바람을 가르며 다가와 천천히 흩어졌다. 그 앞에 서 있던 남자아이가 손을 둥글게 말아 귀에 댔다. 아이는 아코디언에서 흘러나오는 것이 하늘을 나는 소리, 땅을 훑는 소리라고 생각했다. 그것이 내 안의 기억인지, 아니면 누구에게 들은 이야기로 만든 풍경인지는 알 수 없다.

나는 지난 몇 달 동안 퐁퐁거리는 수많은 음표 사이를 헤엄치다 잠에서 깨었다. 눈을 뜨면 허공에 투명한 물방울들이 너울거리다 톡톡 터지며 빛의 입자로 사라졌다. 자리에서 일어날 때마다 온통 팔다리가 뻐근했다. 그렇게 온몸이 뻐근할수록 내가, 그리고 내 안에 담긴 모든 감정 따위들이 그만큼 자라나는 걸 느낄 수 있었다. 정작 무엇인지 정확하게 알지 못했고 설명할 수도 없었지만, 그것이 슬픔일지도 모른다고 생각했다.

뻐근한 팔을 축 늘어뜨리고 마루로 나왔다. 아코디언 교본을 들여다보는 할아버지 코끝에 돋보기가 간신히 매달려 있었다. 화장실로 들어가 변기에 튀지 않게 앉아서 오줌을 누었다.

"단추를 누르는 동시에 건반을 누르고 주름을 편다니까."

할아버지가 주먹으로 자기 머리를 쥐어박았다. 나는 삐걱거리는 마룻바닥을 지났다. 물통을 꺼내기 위해 냉장고 문을 열었다. 냉장고 안은 갖가지 잼이 담긴 유리병들로 가득했다. 그래야 단단해지거든. 무엇이든 이런 과정이 필요한 거야. 할아버지가 말했더랬다. 매번 잼을 만들고 나면 며칠 동안 냉장고에 넣어 열기를 식혔다. 뭉근하게 풀어진 잼이 차가운 냉기 속에서 차지고 단단해진다 했다.

"그런 연주가 될 거야. 달콤한 보름달빵 같은 소리 말이야. 분명

해. 그치?"

할아버지가 내 쪽으로 고개를 돌리고 물었다.

"글쎄."

나는 물을 한 모금 들이켰다. 할아버지가 능숙하게 아코디언을 연주하는 장면을 상상해봤지만 잘 떠오르지 않았다. 더구나 하얀 건반 네 개가 빠진 악기로 연주할 수 있는 곡이 세상에 있을까 싶었다. 하지만 나는 그가 포기하지 않으리란 걸 알고 있었다. 아마 얼마간 시간이 흐르면 내 앞에서 멋진 연주를 해 보일 것이다. 할아버지는 불 위에서 뭉근하게 고아지는 잼처럼, 무언가에 빠져들면 빛도 소리도 없이 녹아들어 진득해지는 사람이었다.

그에게도 은빛 드레스에 달린 스팽글처럼 반짝거리던 시간이 있었다.

할아버지는 이야기 노래를 하는 가수였다. 변두리 도시의 '사요나라 바'라는 허름한 가라오케였고 보수도 낮았지만 무대에 서는 것만으로 언제나 가슴이 두근거린다 했다. 할아버지가 행복한 만큼 우리는 가난했다. 무대에 서기 위해 사야 할 것들은 너무 많았다. 색색의 드레스와 액세서리들, 화장품, 구두, 스타킹, 볼륨을 잡아주는 특이한 속옷들. 할아버지 같은 사람이 살아가는 일에는 그런 수많은 대가가 필요한 모양이었다.

"미안, 이런 할망구라서."

옷이나 액세서리를 새로 살 때마다 얼굴을 붉히며 말했다. 진심으로 그는 미안해했다. 괜찮아, 마마. 나는 마른 등을 토닥토닥 두드려주며 말했다. 나도 진심이었다. 아름답거나 근사하진 않아도 세상의 규칙에서 스스로 밀려 나와 살아가는 그가 내게는 가장 용감해 보였다. 남자를 사랑하거나 만나는 일이 한 번도 없었지만, 사람들 사이에선 할아버지의 수많은 연애 이야기가 떠돌았다.

"예쁜 여자가 되고 싶다고 해서 다 남자를 사랑해야 하는 건 아니잖니? 그건 내가 그래야 한다고 믿는 사람들이 지어낸 이야기야. 남자라니, 아유, 징그럽게."

햇살이 쏟아져 들어오는 마루에서 할아버지는 그렇게 말했다. 손톱에 삼십 분째 분홍색 매니큐어를 바르고 있던 중이었다. 남자도 여자도 아닌 외모를 가진 할아버지는, 변태라는 말을 커피 마시는 횟수만큼 자주 들었다. 그때마다 자기가 다른 사람들과 규칙이 달라서라고 말했다. 빨개진 얼굴로 서 있는 내게 매번 농담을 건네듯 그랬다.

사람들과 다른 규칙을 살아가는 할아버지의 이야기들은 끊임없이 쏟아져 나왔다. 앉은뱅이책상에서 직접 음표들을 그려 넣고 가사를 붙였다. 심해에 사는 허리 굽은 노파 인어의 일상이나 알래스카에 백 년 전에 묻힌 위스키를 그리워하는 노인 이야기, 자기처럼 은빛 드레스를 입은 남자가 길거리를 지나며 사람들에게 안부를 묻는 장면 등 동화 같은 이야기가 가사의 주된 내용이었다. '사요나라 바'의 밴드마스터는 악보를 내밀 때마다 인상을 썼다. 홀 테이블에서 유리컵이나 바나나가 날아온 적도 있었다.

할아버지는 바나나 껍질에 미끄러져 허리를 다쳤을 때도, 맥주병이 휙휙 눈앞을 지나다녀도, 사람들이 자기를 보고 수군거려도 계속 무대에 섰다. 그가 부르는 이야기 노래엔 이해받지 못한 외로움의 무게가 부드럽게 실려 있었다. 노래 중간 중간 추임새를 넣듯 가볍게 웃었는데, 그는 그런 웃음과 함께 산뜻하고 가벼워지는 누군가의 수많은 고독이 있다고 믿었다.

"근데, 왜 하필 아코디언이야? 잼과 아코디언은 뭐랄까, 좀 안 어울린다고."

냉장고에 물통을 넣으며 물었다. 잼을 팔면서 사람들에게 아코디언 연주를 들려주겠다는데 정말 이상한 장면이 아닐까 싶었다. 여전히 할아버지를 싫어하는 사람들은 많았다. 아무리 오랜 시간을 한 공간에 살아왔어도 변함없이 그는 별종이고 변태이며 이상하기만 한 사람으로 존재했다.

"이상하다고 생각하니까 자꾸 이상하게 보이는 거야."

할아버지다운 대답이었다. 이내 어깨를 으쓱해 보이더니, 다시 어깨에 멘 아코디언을 내려다보았다. 왼손으로 볼록하게 튀어나온 하얀 버튼을 누르고 주름을 펴고 접었다. 동시에 오른손으로는 하얗고 까만 건반을 눌렀다. 푸푸 바람 소리에 음악이라고는 할 수 없지만, 그러나 음이 분명한 소리가 섞여 나왔다. 저런 어설픈 음들이 쌓이고 쌓인다. 누군가에게 들려주는 할아버지만의 연주곡이 된다. '잼 마마'는 '아코디언 잼 마마'가 된다. 앞으로도 얼마나 더 아코디언 주름을 접고 펴야 하는 것일까. 무모하다고만 생각했던 그가 어쩐지 용감해 보였다.

마루 뒤편으로 난 양철 창문을 열었다. 얼굴에 와 닿는 바람 끝에 옅은 물기가 어려 있었다. 맞은편 양철집들 벽면에 그려진 가위표가 보였다. 우리 집이 가까워질수록 가위표는 점점 늘어갔다. 중국집이 사라지고 슈퍼가 사라지고 복덕방이 사라지고 분식집이 사라졌다. 이제는 온통 사라지고 잊히는 것들이 마을을 이루고 있었다.

사람들은 이곳을 기차마을이라 불렀다. 창문을 열면 길게 뻗어 있는 기차 레일과 양쪽 가장자리를 따라 마주 보며 들어서 있는 양철집들이 훤히 내다보였다. 멀리서 보면 집이 아니라 레일을 보호하기 위해 세워둔 낡은 구조물처럼 보였다. 비 오는 날에는 다닥다닥 붙은 벽면마다 주황빛 녹물이 흘러내렸다. 집 안의 구조는 거의 똑같거나 비슷했다. 사람들은 방과 방 사이에 있는 공간을 마루라고 불렀다. 그 작은 공간인 마루에서 몸을 한껏 숙이고 손을 내밀면 레일이 만져졌다.

안개가 끼는 날이면 마을은 온통 하얀 숲에 둘러싸였다. 하루 네 번 지나가던 기차는 안개 숲 속으로 사라졌고 안개 숲 속에서 빠져나왔다. 기차가 올 시간이 되면 사람들은 열어놓았던 양철 창문을 안으로 닫아걸었다. 일제히 열렸다가 일제히 닫히는 문들은 바닷

속에서 일렁이는 은빛 물고기 비늘처럼 보였다. 방에 누워 있으면 기차의 움직임을 따라 우우, 뒤통수가 울렸다. 집 안의 모든 것들이 우우, 조금씩 살아 움직였다. 기차가 다니지 않게 된 것은 내가 이 집에 온 다음 날부터였다. 그러니까 할아버지 집에 나를 데려온 아버지는, 기차마을의 마지막 기차를 타고 떠난 사람이었다. 그날 이후 기차마을이 헐린다는 소문이 돌았다. 십 년이라는 시간 동안 많은 사람이 사라졌고 다시 돌아오지 않았다. 마을이 헐린 것도 아니었다. 모든 것들은 빛이 바랜 채로 잊히거나 멀어졌다.

주방의 솥에서 잼이 고아지고 있었다. 과육이 뭉근하게 물러지는 동안엔 고개를 돌리는 곳마다 습기 머금은 공기가 출렁였다. 잼이 끓기 시작하면 나는 습관처럼 코를 벌름거리게 되었다. 어느 날부턴가 잼을 만들지 않는데도, 적당히 물러진 특유의 잼 냄새가 코끝을 따라다녔다.

봄과 여름 내내 할아버지는 아코디언과 함께 살았다. 학교에서 돌아와보면 그의 연주가 한 겹씩 부드럽고 가벼워지는 걸 느낄 수 있었다. 이제는 음의 강약을 적당히 조절할 줄 알게 되었는지 아코디언 건반 위에서 가볍고도 빠르게 손가락을 움직였다.

비가 내리는 며칠 동안 할아버지는 잼을 팔러 나가지 않았다. 조그만 수레에 잼을 담은 투명한 유리병들이 가득 쌓여 있었다. 그는 팔러 나가지 않으면서도 잼 만드는 일을 쉬지 않았다. 삼사 일에 한 번씩 시장으로 가 싸게 파는 떨이 과일을 사왔다. 설탕을 버무려 솥에 넣고 오랫동안 끓였다. 나는 밥 대신 식빵에 잼을 발라 먹는 일이 잦아졌다.

할아버지가 아코디언을 내려놓고 손으로 어깨를 주물렀다. 아코디언을 멘 자리가 뻐근한 모양이었다. 방으로 들어가 비법 술이 담긴 하얀 항아리를 가지고 나왔다. 비가 오면 언제나 치러지는 할아버지만의 의식이었다.

"제대로 익으면 이런 냄새가 나거든."

할아버지가 항아리에 대고 깊게 숨을 들이켰다. 옆에 앉아 있던 나도 코를 벌름거려봤지만 아무런 냄새도 나지 않았다. 할아버지는 번번이 비를 감상하며 술을 마시고 싶어서라고 했다. 그러나 잼만들 때만 열었던 술항아리를, 비 오는 날에 여는 진짜 이유를 나는 어렴풋이 알고 있었다. 내게 그의 슬픔은 조금만 자세히 들여다보면 보이는 것들 중 하나였다. 나는 그의 얼굴에서 어둡게 반짝거리는 슬픔을 읽었다. 내 안에 남아 있는 비 오는 날의 풍경이 할아버지 안에도 고여 있었다.

오늘처럼 비 오는 날, 나는 이 집에 왔다. 양철 지붕 위로 통통 튀어 오르는 빗방울의 연주는, 열여덟 살의 나를 종종 그 남자아이로 되돌려놓곤 한다. 아이는 빛도 냄새도 없는 어두컴컴한 마루 입구에 앉아 있었다. 빗물에 젖은 신발을 신은 채 엉덩이만 걸친 모습이었다. 발목을 움직일 때마다 신발에서 째깍째깍 소리가 났다. 그

다음 미닫이문 너머로 아버지와, 한 번도 본 적 없던, 살아 있다는 말도 들어본 적 없던 할아버지의 비음 섞인 목소리가 건너왔다.

"어머, 이게 무슨…… 인제 와서 나보고 어쩌라는 거야? 나를 보지 않겠다고 했던 건 너였잖아."

"잠시 동안만이에요. 곧 데려갑니다."

아버지가 미닫이문을 열고 마루로 나왔다. 열리는 문 사이로 빨간 입술의 얼굴이 보였다. 나는 흠칫 놀라 어깨를 떨었다. 하지만 아주 잠시였다. 아버지는 내 머리를 한참 동안 쓰다듬었다. 묵직하고 축축한 손이었다. 나를 내려다보는 눈에 물기가 어렸던 것 같기도 하다. 착각일 수도 있었다. 어른들 세계에선 이유 없이 눈동자가 축축해지거나 필요하면 아무 때나 커다랗게 웃기도 한다는 걸 모르지 않았다.

그러나 아버지는 결코 이별에 대범한 사람이 아니었다.

괜찮아요. 누군가는 감수해야 할 일이잖아요. 자, 인제 그만 가보세요. 속으로 중얼거렸다. 말해주고 싶었지만 입이 움직이지 않았다. 열 살 아이에게 어울리지 않는 말이었다. 쓸데없이 조숙하게 굴어 아버지를 놀라게 하는 건 좋지 않은 일이었다.

아버지가 신발을 신었다. 나는 아이답게 아버지의 긴 다리에 얼굴을 묻었다. 물비린내가 코끝으로 스며들었다. 손으로 아버지 다리를 토닥토닥 두드렸다. 아버지에게 건네는 내 나름의 작은 위로였다.

아버지는 혼자 기차를 탔다. 뒤돌아보지도 않았다. 젖은 바짓단이 그의 마른 다리를 휘감았다. 나는 양철 창문 틈새로 아버지의 빨간색 우산이 기차 안에 부드럽게, 그러나 멈칫거리며 스며드는 모습을 바라보았다. 레일 위를 미끄러지는 기차의 굉음이 온 집 안을 흔들었다. 양철 지붕도 마루도, 집 안에 있던 모든 사물들이 소리의 결을 따라 진동했다. 발바닥에 미세한 떨림이 전해졌다. 커다란 신발 속에서 발가락들을 꼼지락거렸다.

고개를 들진 않았지만 아버지를 삼킨 기차가 작은 점으로 변해 있다는 걸 알 수 있었다. 내가 일곱 살 때 아버지와 이혼한 엄마가 떠난 후, 두번째 맞는 이별이었다. 나는 혼자서 반짝거린다는 게 어떤 기분인지 알고 있었다. 세상의 모든 슬픈 것들은 혼자서 반짝였으니까. 누가 가르쳐주지 않아도 저절로 알게 되는 것들이 있다. 모든 소리가 사라진 밤, 혼자 잠들어본 사람만이 아는 특유의 감정. 다른 세계로 향해 있는 문이 어디선가 벌컥 열릴 것 같다거나, 자세히 들여다보면 어둠에도 수많은 결이 있음을 알게 되는 신비한 경험들이 매일 귓속을 간질였다.

아버지가 돌아간 후, 자신이 '사요나라 바'에 출근하면 혼자 남게 될 나를 걱정하느라 할아버지는 얼굴이 새까매졌다.

"귀찮아서가 아니란다. 걱정된다는 건 그것이 소중해서야."

나는 괜찮다고, 오히려 종종걸음 치며 밤길을 걷는 할아버지가 더 걱정이라고 말해주고 싶었다. 하지만 천진하게 눈을 끔벅거리기로 했다. 나 같은 아이가 어른들 세계에서 어떤 존재인지 알고 있었다. 나는 지나치게 책을 많이 읽었고 생각이 많았으며 그만큼 조숙한 아이였기에 할아버지 집에 왔다. 열 살 아이는 열 살 아이다워야 한단다. 새엄마가 내 이마를 쓸어주며 귓가에 대고 말했다. 열 살 아이는 열 살 아이다워야 해. 할아버지가 끓여놓은 김치찌개를 혼자서 먹으며 중얼거렸다.

밥알을 입안으로 끝없이 밀어 넣었다. 할아버지가 만든 음식은 심각할 정도로 맛이 없었다. 하지만 음식 솜씨가 형편없는 그를 용서했다. 오랜 시간 자신을 외면하며 살아온 아들을 용서하는 일에는 수많은 결이 존재할 것이다. 그런 과정이 낳은 숭고한 결과물로서 나는 할아버지 집에 살 수 있었다. 진심으로 아버지와 함께 돌아가고 싶었지만 상황을 바꿀 만한 선택권이 내게는 없었다. 벌건 국물에 떠 있는 비곗덩어리를 한참 동안 바라보았다. 새까만 돼지털이 촘촘하게 박힌 뭉근한 덩어리를 나는 순순히 받아들였다.

이 집에 오고 나서 깜깜해진 밤 스르륵, 잠에서 깨어나 듣는 빗소리는 생각보다 쓸쓸하지 않았다. 손을 내밀어 열에 들뜬 이마를 쓸어주거나, 이불을 끌어당겨 덮어줄 사람은 없었다. 잠결에 와 닿는 온기를 느끼며 다시 잠 속으로 빠져드는 위안의 밤은 이미 사라진 풍경이었다. 눅눅한 이불을 목까지 끌어당겨 덮으며 괜찮다고, 중얼거렸다. 나는 열 살 주제에, 인생의 과정이란 이렇게 빗물이 스며든 눅눅한 이불을 덮는 느낌일 거라 생각했다. 그런 생각을 하자 신기하게도 나를 감싸고 있던 이불이 견딜 만해졌다. 아버지가 사준 동화책을 희미한 불빛 아래서 수십 번 읽기도 했다. 할 수 있는 게 이것밖에 없구나. 아버지가 책을 내밀며 했던 말이 글자들 속에서 꿈틀거렸다. 책을 읽었다. 할아버지 방에 있던 책을, 집 안에 있는 어떤 책이든 읽어치웠다. 할 수 있는 게 책을 읽는 것밖에 없었다. 오히려 생각이 많아졌다. 생각을 많이 할수록 내가 빨리 자란다는 걸 알 수 있었다.

잼이 끓는 달콤한 냄새가 온 집 안을 뭉근하게 떠다녔다. 할아버지는 열어놓은 양철 창문 앞에 앉아 커다랗고 투박한 술잔에 담긴 술을 마셨다. 퐁퐁, 소리를 내며 익는다는 술이었다. 갑자기 잔을 들고 자리에서 일어났다. 귀에서 달랑거리는 귀걸이가 할아버지의 진지한 표정을 다소 코믹스럽게 만들었다. 끓고 있는 잼 속으로 술을 부었다. 하얀 김이 다시 허공으로 피어오르자 불을 껐다.

"이게 들어가야 진짜 마마 잼이 되는 거야."

발그레한 볼을 한 할아버지가 수줍게 웃었다.

가끔 나는 할아버지가 만든 잼을 식빵에 발라 먹었다. 내 입엔 특별한 맛이 느껴지지 않는, 그냥 잼일 뿐이었다. 비법이 있기는 한 것일까 싶을 만큼 평범했다. 나는 잼에 들어가는 비법 술이 무슨 재료로, 어떻게 만들어지는지 알지 못했다. 할아버지가 술을 담그는 걸 직접 본 적도 없고, 항아리를 열어 맛볼 만큼 비법 술을 궁금해해본 적도 없었다. 학교에서 돌아오면 새로 담갔다는 술이 항아리에 담겨 할아버지 방에서 퐁퐁 익었다. 내가 초등학교를 졸업할 무렵부터 시작된 일이었다. 그 일은 중학교를 졸업하고 고등학교 이학년이 된 지금까지 변함없이 이어졌다. 술을 담근 날이면 할아버지는 항아리에 귀를 대고 오랫동안 그렇게 있었다. 항아리를 손으로 쓸어내렸다. 단순히 쓸어내리는 게 아니라, 하나하나 문양을 훑어가듯 천천히 더듬거렸다. 그 일은 어떤 엄숙한 의식처럼 느껴졌다. 할아버지가 문양을 훑느라 신중하게 움직일수록, 내게는 무엇을 하든 빨리 움직이는 습관이 생겼다.

할아버지의 아코디언은 길에서 주워온 것이 아니라 했다.
"그래, 네 아빠가 연주하던 거야."
조그만 목소리였다.
"뭐?"
큰 소리로 내가 물었다. 모든 게 뒤죽박죽 뒤섞였다. 눈앞이 어지럽게 흔들렸다. 열린 양철 창문 사이로 레일 위를 비스듬히 지나가는 전선이 희미하게 울리는 소리가 스며들었다. 레일을 훑고 지나가는 휘파람 같은 울음소리. 동생이 울었고, 문을 열고 들어온 새엄마는 비명을 질렀다. 놀란 얼굴의 아버지가 내 뺨을 후려쳤다. 묵직하고 축축한 손이었다.
그러려고…… 그런 게……. 더듬거리며 말했다. 아버지는 내 말을 다 듣지도 않고 새엄마를 따라 밖으로 나갔다. 내 손에 들려 있던 문구용 칼이 바닥으로 떨어졌다. 동생 손가락에 박힌 가시를 빼 내주려던 거예요. 작은 목소리였다. 좀더 크게 말했더라면 새엄마 는 비명을 지르지 않았으며, 아버지는 내 뺨을 후려치지 않았을까. 아침 일찍 출근하는 새엄마와 아버지는 동생이 우는데도 종종 일 어나지 못했다. 나는 서툴지만 우유를 탈 줄 알았고, 잠들 때까지 안아주거나 기저귀도 갈아줄 수 있었다. 곤히 잠든 그들을 위해 할 수 있는 일이 있다는 게 다행스러웠다. 새엄마와 아버지와 동생과 한가족이라고 굳이 말하지 않아도 되는 그런 사이가 된 것 같았다. 새엄마는 따듯하게 바라보다가도 동생 옆에 있는 나를 발견하면 눈빛이 달라졌다. 가까이 오면 안 돼. 아기는 아주 조심히 만져야 한단다. 나는 고개를 끄덕였다. 그래, 착하지. 새엄마는 내 머리를 자주 쓰다듬어주었다. 가까이 오면 안 된다고 했잖니. 나중엔 동생 이 아니라 자기 옆을 지날 때도 소스라치게 놀라 말했다.

"저번엔 뜨거운 물을 쏟았잖아요. 이게 몇 번째인지 알아요?"

깊은 밤, 새엄마의 목소리가 잠 속에서 나를 들어 올렸다. 어둠 속에서 천천히 귀가 열리고 눈이 떠졌다.

"우유를 타주려다 그랬다잖아. 못 일어나니까. 우리를 위해서 그런 거라고."

"아무래도 난 저 애가 불안하단 말이에요. 도대체 열 살 아이 같 지가 않아."

"그럼 당신이 제대로 엄마 노릇을 하면 되잖아. 잘하면 저 애가 그러겠느냐고."

"또 내 탓이군요. 지금 상황에 일을 그만둘 수 있어요? 당신이 그렇게 해줄 수 있어요?"

아버지는 대답하지 않았다. 나는 침대에서 책을 읽었다. 희붐한 창밖 빛이 글자들을 비추었다. 책을 읽었다. 할 수 있는 게 책을 읽는 것밖에 없었다.

나는 아버지 눈에 어려 있던 절망의 빛을 기억한다. 기차마을의 마지막 기차를 탔던 아버지는 어디론가 사라져버렸다. 그의 실종을 알려준 사람은 새엄마였다. 더 이상 할 수 있는 게 아무것도 없어. 그녀는 머리카락을 쓸어 올려 다시 묶었다. 가늘고 긴 손가락들이 느리게 움직였다. 너를 보려고 온 거란다. 새엄마가 말했다. 그녀는 원래 말을 길게 하지 않는 사람이었다. 그저 아무 말 없이 나를 바라만 보다 돌아갔다.

아무도 아버지가 언제 죽었는지 알지 못했다. 그는 멈추지 않는 기차를 타고 낯선 세계의 모험을 즐기는 여행자였다. 그의 죽음을 듣기 전까지 내 안에서 아버지는 그렇게 어딘가에 살아 있는 사람이었다. 무엇 때문에 집으로 돌아가지 않았는지, 어떻게 죽었는지 아무도 몰랐다. 여행자였던 아버지는 공사장에서 포클레인 삽에 걸린 신원 미상의 뼈로 발견되었다. 기차 노선에 있는 어느 역이었다.

할아버지가 커다란 상자를 열어 보였다.

"이해가 가질 않아. 아버지가 죽은 게 언젠데 아코디언을 지금 꺼냈느냐고. 이상하잖아."

"몇 달 전에야 상자를 받았으니까."

나는 상자로 다가가 안을 들여다보았다. 아버지의 시간이 스며든 빛바랜 물건들이었다. 내 안의 기억이 그 시간과 맞닿았다. 희미하던 그림자가 서서히 뚜렷해지기 시작했다. 젊은 모습의 아버지가 아코디언 주름을 접었다 폈다. 서너 살쯤 돼 보이는 내가 손을 둥글게 말아 귀에 대고 아버지 연주를 들었다. 기다란 손가락이 건반 위를 부드럽게 오갔다. 아코디언은 오르골처럼 폭신폭신한 소리를 냈다. 하늘을 가르는 소리, 땅을 훑는 소리였다.

"인제 와서 왜."

"무엇이든 그런 과정이 필요한 거야. 그래야 단단해지거든. 네 새엄마도 그랬을 테지."

할아버지의 말은 이러했다.

아버지는 별 볼 일 없는 악단에서 아코디언 연주를 했다. 내가 태어나자 돈벌이가 되지 않는 아코디언을 손에서 놓았다. 할아버지가 할 수 있는 것은 아무것도 없었다. 가끔 찾아가 멀리서 아들 가족을 바라보다 돌아올 뿐이었다.

포클레인에 걸린 아버지 뼈를 받던 날 할아버지는 '사요나라 바'를 그만두었다. 오후에 학교에서 돌아오면 그는 아침과 같은 자세로 앉아 양철 창문 밖을 내다보고 있었다. 그렇게 몇 달이 흘렀다.

어느 날 할아버지가 자리에서 일어났다. 딸이 과일을 사오더니 잼을 만들기 시작했다. 내가 초등학교를 졸업할 무렵이었다. 그는 '사요나라 바'의 마마가 아니라 잼 마마가 되었다.

"자, 들어보렴."

할아버지가 아코디언을 어깨에 멨다. 빨간 입술과 달랑거리는 귀걸이와 하얀 머리카락에 아코디언은 생각보다 잘 어울렸다.

팔을 벌려 아코디언의 자잘한 주름을 늘였다. 연주가 시작되었다. 서툴지만, 수십 개의 주름과 바람이 서로 맞닿아 만들어낸 소리는 다채로운 느낌으로 다가왔다. 할아버지는 건반이 빠진 곳을 그냥 지나치지 않고 눌렀다. 그럴 때면 공백이 생겼는데, 무언가가 스며든 작은 틈새를 들여다보는 것 같아 기분이 묘했다.

그동안 연습했던 곡들을 모두 들려줄 모양이었다. 할아버지의 기다랗고 메마른 손가락과, 죽은 아버지의 아코디언이 만들어내는 하모니가 온 집 안을 퐁퐁 떠다녔다. 아코디언 연주를 멈추고 눈을 지그시 감았다. 그의 주위가 새로운 반짝임으로 출렁거렸다.

학교에서 돌아와보니 할아버지는 잼을 팔러 나가고 없었다.

최근 할아버지에겐 이상한 버릇이 생겼다. 아코디언 연주와 함께 잼을 파는 것까지는 좋았는데, 종종 그러지 말아야 할 곳에서 연주를 하곤 했다. 정확하게 어디라고 말할 수는 없었다. 그는 곤란한 상황에 빠진 사람들 앞이라면 어디든 찾아가 아코디언을 펼쳤고, 공짜로 잼을 나눠주었다. 그러다 몰매를 맞고 돌아온 적도 있었다. 나는 그가 치매에 걸린 게 아닌가 싶어 가슴 한쪽이 무거워졌다.

이상한 건 그뿐만이 아니었다.

상갓집에서 연주를 청하러 오는 일도 있었다. 공사장에서 다리를 다쳤거나, 혼자 살아가는 사람이거나, 가족이 죽었거나, 가난하거나 우울한 일이 있다고 할아버지를 찾았다. 예전보다 많은 양의 잼을 만들었다. 나무 주걱으로 잼을 젓는 할아버지 어깨가 으쓱으쓱 들썩거렸다. 모두 비법 술 덕분인 것 같았다.

나는 할아버지 방문을 열었다. 고요했다. 아코디언 소리가 나지 않는 할아버지 방은 온통 움직이지 않는 것들뿐이었다. 살아 있는 게 아무것도 없는 것 같았다.

하얀 항아리 앞으로 다가갔다. 할아버지는 말해주지 않았지만 나는 처음부터 그것이 아버지 뼈를 담았던 항아리라는 걸 알고 있었다. 천천히 귀를 가져갔다. 아무런 소리도 들리지 않았다. 큼큼 냄새를 맡았다. 아무것도 느낄 수 없었다. 뚜껑을 열었다. 술은 투명하고 맑았다. 항아리 옆에 놓인 할아버지만의 잔으로 술을 떴다. 마른침을 삼켰다. 손끝이 떨렸다.

맹물이었다.

아무런 소리도 맛도 향기도 없는 평범한 물일 뿐이었다. 다시 한 잔을 떠먹었다. 달라지는 건 없었다. 할아버지에겐 비법 따윈 없었던 것일까. 사기꾼. 나는 조그맣게 중얼거렸다. 할아버지를 찾아야 했다. 비법이 아닌 비법을 믿는 할아버지를 사람들이 알아채기 전에 찾아 집으로 돌아오고 싶었다.

밖으로 나와 무작정 걷기 시작했다. 머리카락이 바람을 타며 우우, 일어섰다. 우리 집 양철 창문이 너풀거리며 탕탕 소리를 냈다. 벽면에 그려진 빨간 가위 표시가 함께 흔들렸다. 쿵, 거대한 무언가가 서로 부딪는 소리가 들렸다. 가슴이 불안하게 두근거렸다. 분명 무슨 일이 일어나고 있는 게 틀림없었다. 그러나 소리는 더 이상 나지 않았다.

어디선가 아코디언 소리가 희미하게 들렸다. 할아버지였다. 소리를 따라 걸었다. 다리가 후들거려 자꾸 발을 헛디뎠다. 할아버지가 거대한 삽을 높이 치켜든 포클레인 앞에서 아코디언 주름을 접었다 펴고 있었다. 사람들이 모여들었다. 기차마을이 헐린다고 누군가 말했다. 어떤 할머니가 바닥에 주저앉아 큰 소리로 울기 시작했다. 아무도 그녀를 다독거리거나 위안의 말을 건네지 않았다. 그들이 바라보는 것은 아코디언을 연주하는 할아버지였다.

할아버지는 절박한 표정으로 아코디언을 연주했다. 나는 그렇게 절박한 표정으로 연주하는 악사를 한 번도 본 적이 없었다. 바람이 스며들어 내는 소리, 할아버지의 기다란 손가락과 아버지의 아코디언이 만들어내는 소리가 웅성거리는 사람들 사이로 섞였다. 아직 서툰 운지(運指)로 연주해내지만 그들의 하모니는 충분히 아름다웠다. 어쩌다 손가락이 선을 벗어나 흐름과는 상관없이 이상하고 엉뚱한 음을 내면, 그 미끄러짐을 따라 내 마음도 무언가에서 미끄러지며 중심을 잃었다.

할아버지가 나를 바라보았다. 한동안 우리는 서로를 바라만 보았다. 할아버지의 마른 다리가 서서히 흐릿해지는가 싶더니 바람을 따라 잿빛 가루로 흩어졌다. 허리와 몸통이, 어깨가 긴 꼬리를 이루며 허공으로 날아올랐다. 빨간 입술과 달랑거리는 귀걸이와 하얀 머리카락이 하나씩 사라졌다. 아코디언 연주는 멈추지 않았다. 아코디언에서 빠져나온 바람이 하늘의 구름을 후욱, 밀어내었다. 땅의 먼지를 나선형으로 일으켜 세웠다. 건반 위의 손만이 마지막까지 바쁘게 움직였다. 퐁퐁, 술 익는 소리 같은 아코디언 소리가 경쾌하게 울렸다. 사람들이 연주에 맞춰 고개와 발을 까닥거렸다.

툭, 아코디언이 바닥으로 떨어졌다. 할아버지의 기다란 손이 나를 향해 까딱, 인사를 했다. 긴 포물선을 그리며 할아버지는 완전히 사라졌다. 남은 것은 아코디언뿐이었다. 나는 바닥에 떨어진 아코디언을 향해 걸어갔다. 아버지의, 할아버지의 아코디언을 집어 가슴에 안았다. 주름이 접히며 조그맣게 바람이 새어 나왔다. 잿빛 가루가 안개처럼 스며들며 천천히 기차마을을 감싸기 시작했다. 사위가, 온통 안개 숲이었다.

켄세라

전화벨이 울렸지만 받지 않았다.

음성 시계의 버튼을 눌러 시간을 확인했다. 새벽 세시였다. 나는 어둠 속에 누워 있었다. 사방이 틈 하나 없는 둥그런 튜브 같았다. 시간을 확인하지 않았다면, 누군가 방 안을 메운 어둠이 눈부신 빛이라 했다 해도 믿었을 것이다. 시력을 잃고 나자 내가 맞닥뜨린 모든 것들은 매 순간 이렇게 막막한 빛으로 다가왔다. 계속 울리던 전화벨이 멈추었다. 정적이 이어졌다. 이따금 창밖에서 젖은 길 위를 미끄러지는 자동차 소리가 났다.

다시 전화벨이 울렸다. 나는 한참 시간이 흐른 후에야 손으로 더듬어 전화를 받았다.

"라파엘?"

여자 목소리였다.

"누구세요?"

어째서 나는 '여보세요'가 아닌 '누구세요'라고 물었던 것인지 잠시 생각했다. 여자가 긴 숨을 내쉬었다. 숨 끝에서 풀밭을 훑는 바람 냄새가 느껴졌다.

"누구십니까. 말씀을 하세요."

퉁명스럽게 굴 생각은 아니었지만 이런 새벽에 낯선 사람을 상대로 모험을 할 수는 없었다.

"미안합니다. 전화를 잘못 걸었어요."

여자는 내 대답을 듣지도 않고 전화를 끊었다. 나는 전화기를 계속 들고 있었다. 이런 시각에 깨어 있는 게 나 혼자가 아닌 것 같아 다행스러웠고, 그것은 내게 조금이나마 위안이 되었다. 눈앞의 어둠 속으로 손을 내밀었다. 잡히는 건 아무것도 없었다.

전화기를 내려놓고 다시 버튼을 눌러 시간을 확인했다. 세시 십오분이었다. 음성으로 흘러나오는 현재 시각은 정확한 것일까. 혹시 이미 아침이 된 것은 아닐까. 사람들은 자신의 세계를 들키지 않기 위해 까치발로 걷고, 자동차들은 경적을 울리지 않으며, 바로 내 앞에서 소리 내지 않고 물건을 집는 것은 아닐까. 깜깜한 세계를 향한 의문들은 끝이 없었고, 그런 생각을 할 때마다 숨이 가빠왔다.

다시 전화벨이 울렸다. 내가 누구십니까, 하고 물었지만 저편의 누군가는 아무런 대답도 없었다. 분명 끊긴 것은 아니었다. 전화기 너머로 음악 소리가 희미하게 들렸다. 귀에 익은 노래였지만 제목 이 떠오르지 않았다.

"라파엘에게 건 줄 알았어요. 미안합니다."

두 번이나 똑같은 실수를 하는 사람이라고 생각했을 뿐 불쾌하 지는 않았다. 무어라 대답할 것인지 생각하는 동안 여자가 다시 긴 숨을 내쉬었다.

"하지만 이번엔 당신에게 건 거예요. 듣고 있나요?"

여자가 물었다.

"듣고 있습니다."

"당신도 나와 같지 않을까 생각했어요. 나를 전혀 알지 못하는 누군가가 필요한 사람. 원하지 않으면 전화를 끊어도 좋아요."

그랬다. 여자의 말대로 어쩌면 나는 깜깜한 어둠 속에 앉아 두려 워하면서도 그 누구인가를 기다렸을 것이다. 수없는 불면의 밤을 보내며, 이렇게 무언가 찾아와주는 순간을 꿈꾸었을지 모른다.

"난 괜찮아요."

"다행이에요."

여자의 말끝이 가볍게 올라갔지만 어딘지 모르게 우울함이 섞 여 있었다. 전화기를 들고 벽에 등을 기댔다. 등뼈에 와 닿는 느낌 이 차갑고 딱딱했다. 여자가 자신의 이야기를 먼저 하고 싶다고 했 다. 상관없는 일이었다. 절실함이라는 것은 무언가를 향한 미련이 남아 있는 사람들의 몫이었다.

"그 사람 이름은 라파엘이에요. 그의 완전한 이름을 모른다는 걸 이제야 알게 되었죠. 라파엘이 죽고 나서야 내가 그에 대해 아는 것보다 모르는 게 더 많다는 걸 깨달았어요. 나에 대한 라파엘의 사랑이, 완벽하다고 생각했던 것들이 그렇지 않을 수도 있다는 걸요. 세상에 완전한 게 없는 것처럼 말이죠."

회상에 잠기는지 중간 중간 여자의 말이 끊겼다. 그때마다 나는 몽롱한 기분이 되곤 했는데, 그것은 여자의 말에 너무 집중을 해서였다.

여자는 도심의 공원에서 열린 작은 음악회에서 라파엘을 처음 만났다.

라파엘은 페루 남자들로 이루어진 '키만투' 악단에 속해 있었다. 그들 차례는 세번째였지만 순서가 자꾸 밀리는 바람에 맨 마지막에야 무대에 올랐다.

라파엘이 부는 팬플루트는 아주 가벼운 소리를 냈다. 풀잎을 훑는 소리였다. 모래를 쓸어가는 소리였다. 강의 수면을 스치는 소리였다. 대나무 숲을 가르는 소리였다. 바닥에 쌓인 눈을 허공으로 흩날리는 소리였다. 개울을 흐르는 소리였다. 햇볕에 바짝 마른 나뭇잎이 바스락대는 소리였다. 새카만 눈동자를 가진 아이가 손등으로 눈물을 훔치는 소리였다.

　악기의 무겁고 가벼움이 소리의 비중을 나타내는 건 아니겠지만, 여자의 귀에 오직 라파엘이 내는 소리만 들렸다. 모든 것이 바람 소리 같았다. 여자는 손으로 자신의 심장박동을 느끼며 마음을 채우는 순간이 그렇게 순식간에 찾아올 수도 있다는 걸 깨달았다. 라파엘을 그리고 싶다는 열망에 휩싸였다. 감정은 시간이 흐를수록 커지기만 했다.

　여자가 라파엘을 직접 찾아간 것은 열번째 공연이 있던 날이었다. 라파엘이 여자를 알아보고 먼저 미소 지었다. 여자와 라파엘은 악수를 했다. 그들은 손을 잡고 서서 오랫동안 서로를 바라보았다. 라파엘은 먼발치에서 보던 것보다 피부가 검었다. 눈도 더 컸고 코도 높았다. 혹시 이상한 냄새가 나지 않을까 했지만 의외로 여린 풀 비린내가 났다. 라파엘이 희미하게 웃을 때마다 벌어진 앞니가 보였다. 여자는 라파엘을 따라 조그맣게 웃었다.

　라파엘은 '키만투' 팀의 연주가로 한국에 온 지 삼 년이 지났다 했다. 발음은 어눌했지만 여자가 인디오어나 스페인어를 한마디도 몰랐기에 라파엘이 더듬거리며 한국말을 했다. 어려움은 없었다.

　얼마 후 라파엘은 자신의 짐을 정리해 여자의 집으로 옮겼다. 강사로 일하는 여자가 미술학원에서 퇴근해 돌아오면 그들은 늘 같이 있었다. 두 사람은 자신들이 함께 지나는 순간순간이 중요하다고 여겼다.

　"안타라."

라파엘이 대나무 악기를 여자에게 내밀며 말했다.

"안타라?"

"이름. 안타라."

여자는 입술을 둥글게 말아 대나무 악기를 불었다. 휘파람 소리가 났다. 라파엘이 다른 악기를 가져가 입술을 오므려 소리를 냈다. 역시 기다란 대나무로 만든 악기였다.

"케나. 갈대 같은 거 만든 바람 소리. 모두 바람 소리."

라파엘이 말했다. 그리고 죽음으로 끝난 남녀의 사랑 이야기가 담긴 영혼의 소리라고도 했다. 그는 종종 여자의 눈에 다 똑같아 보이는 악기들의 이름을 일일이 말하고 소리를 들려주었다. 여자는 진중하게 고개를 끄덕였다. 가끔은 눈을 감고 구릿빛 피부를 가진 라파엘의 고향을 상상하기도 했다.

"그래서 라파엘을 그렸나요?"

여자가 잠시 말을 끊은 틈을 타 내가 말했다. 듣고 있는 내내 라파엘의 어떤 모습을 어떻게 그렸는지 궁금했다.

"라파엘은 수줍음이 많았어요. 사람들 앞에서 악기를 연주했지만, 무대를 내려오면 언제나 얼굴이 붉게 상기되어 있었죠."

"그럼, 그리지 못했겠군요."

"아뇨. 그리긴 했어요."

여자가 침을 삼켰다. 잠시 침묵이 흘렀다.

“나는 가장 편안한 얼굴을 한 라파엘을 그리고 싶었어요. 내가 원한 건 라파엘이 눈을 뜨고 나를 바라보는 모습이 아니었거든요. 하지만 이상하게 라파엘의 눈을 감은 모습은 어딘가 모르게 부자연스러웠고, 낯설어 보이기까지 했어요.”

여자를 방해할 생각은 아니었지만 목이 간질거렸다. 나는 큼, 하고 헛기침을 했다.

“그게 아냐. 내가 그렇게 말하면 라파엘은 상기된 얼굴로 어쩔 줄 몰라 했죠. 이상한 것은…….”

여자가 코를 푸는 소리가 들렸다. 눈물을 흘렸는지는 알 수 없었다. 나는 어둠 저편에 있는 여자의 얼굴을, 발갛게 달아오른 라파엘의 얼굴을 상상해보았다. 여전히 선명하게 떠오르는 건 없었다.

“미안해요. 그쪽 이야기를 먼저 하는 게 좋겠어요. 계속하기엔 난 너무 지쳐 있어요. 몸 안의 모든 기운이 발끝으로 달아나버린 것 같아요.”

여자가 말했다. 비음이 섞여 있어 먼 곳에서 들리는 목소리 같았다.

한동안 침묵이 이어졌다. 여자는 내가 그랬던 것처럼 묵묵히 기다리고 있었다. 낯선 사람에게 나에 관해 말한다는 건 쉽지 않은 일이었다. 어디까지 말해야 하는지, 무엇을 이야기할 것인지 난감하기만 했다. 그러다 어느 순간, 여자가 말했던 것처럼 낯선 사람이라 오히려 거리낌 없이 털어놓을 수 있지 않을까 생각했다.

나는 목을 가다듬었다.

"난 얼마 전에 완전히 시력을 잃었어요."

"그럼 아무것도 보지 못하나요?"

"아무것도."

"언제부터요?"

"안구 종양 때문에 두 달 전 양쪽 눈을 적출했어요. 최후 수단이었죠. 나는 늘 어둠 속에 앉아 있어요. 그리고 아무 데도 가지 않아요. 내가 혼자서 움직일 수 있는 공간은 내 방이 전부예요."

"다른 사람은 없는 거예요?"

"부모님이 계시긴 하지만 어제 지방 이모 댁에 가셨어요. 이모부가 돌아가셨거든요."

"그럼, 당신도 나처럼 완전한 혼자군요, 지금은."

여자가 긴 숨을 내쉬었다. 어디선가 고양이가 길게 울었다. 잠시 그쳤던 빗줄기가 거세지기 시작했다.

나는 전화기를 들고 자리에서 일어났다. 한 발을 앞으로 내디뎠다. 식은땀이 솟았다. 금방이라도 아득한 낭떠러지로 떨어질 것 같았다. 몇 걸음을 옮기지 못하고 의자 모서리에 정강이를 찧었다.

시력을 잃고 나자 내 앞에 던져진 것들은 물음표로만 다가왔다. 일상을 이어왔던 선명하고 익숙한 공간이라 생각했지만, 그 모든 것들이 착각이었다. 그것은 손으로 만져야만 느낄 수 있는 세계였

으며, 내게 닿지 않으면 실체가 없는 것과 마찬가지인 낯선 세계였
다. 그 세계를 감지하느라 언제나 손가락이 예민하게 움직였다. 나
는 어두운 동굴에 사는 퇴화된 곤충이었다.

의자를 피해 다시 앞을 향해 걸었다. 손가락이 허공을 더듬었다.
아무것도 잡히지 않는다는 게 어떤 것인지 사람들은 알지 못한다.
그것이 어떤 것인지 모르고 어둠 속으로 손을 내민다는 게 얼마나
많은 용기를 필요로 하는지도.

전화기를 든 채 한 손으로 더듬거렸다. 손끝에 잡히는 물건들.
물컵, 테이블, 보온병, 티슈, 의자, 벽, 액자, 달력. 한참을 더듬어야
실체를 알 수 있는 것들이었다. 방문은 어디쯤 있을까. 이번엔 뾰
족하게 솟아난 어떤 것에 옆구리를 찔렸다. 언제나 여기까지다. 장
애물이 있다는 걸 알고 나면 나는 더 이상 앞으로 나아가지 못했
다. 믿을 수 있는 건 오직 내 손으로 더듬을 수 있는 것뿐이었다. 달
력, 액자, 벽, 의자, 티슈, 보온병, 테이블, 물컵. 순서를 되짚었다. 다
리를 절룩거리며 내가 앉아 있던 자리로 돌아왔다.

'지팡이를 짚는 게 어때?'

며칠 전에 찾아왔던 친구가 물었더랬다. 앞이 보이지 않는 사람
들은 목소리의 진동으로 상대 의중을 가늠한다 했다. 나는 아직 상
대방의 마음을 읽어낼 수 없었다. 그러나 정작 내가 읽어내고 싶은
것은 친구가 아니라 내 마음일지도 몰랐다. 어째서 밖으로 나가지
못하는지. 도대체 왜 지팡이를 짚고서라도 앞을 향해 걸어야 한다

는 생각이 들지 않는지.

"나로서는 상상할 수 없는 일이에요. 앞이 보이지 않는다는 게 어떤 건지 나는 알지 못하니까요."

여자가 말했다. 갑자기 여자가 사는 곳의 풍경이 궁금해졌다. 그녀는 어떤 창밖을 가지고 있는 것일까.

"당신 방의 창문은 어느 쪽을 향해 나 있어요?"

"밖을 보려면 창문을 열어야 해요. 모든 일이 그렇잖아요."

여자는 내 마음을 들여다보고 있는 것처럼 말했다. 여자가 움직일 때마다 전화기에 옷깃이 스쳐 잡음이 일었다. 창문이 잘 열리지 않는지 삐걱삐걱 소리가 들렸다.

"밖은 비가 내리고 있어요."

여자가 말했다.

"여기도 마찬가지예요."

"당신 방에도 창문이 있겠죠? 그럼 당신도 창문을 열었으면 좋겠어요."

"내겐 쉽지 않은 일이에요. 이 집에서 이 년을 넘게 살아왔지만 머릿속에 아무것도 그려지지 않아요. 움직이려면 모든 게 모험처럼 느껴지거든요. 당신 말대로 창문을 찾으려면 많은 시간이 걸릴지도 몰라요."

"상관없어요. 언제까지라도 기다릴게요."

나는 자리에서 일어나 벽을 더듬었다. 침대 모서리, 테이블, 손끝에 만져지는 둥그렇거나 뾰족한 모서리를 가진 사물들.

"아, 좋은 생각이 떠올랐어요. 당신이 창문을 찾는 동안 내가 노래를 불러주면 어때요?"

"노래요?"

"라파엘이 내게 불러주던 켄세라, 라는 노래예요. 눈을 커다랗게 뜨고 장난기 가득한 얼굴로."

"좋아요."

내가 대답했다.

여자가 노래를 부르기 시작했다. 대단한 실력은 아니었지만 기분 좋게 낮은 음성이었다. 나는 여자의 목소리를 디딤돌 삼아 한 발 한 발을 내디뎠다. 마음이 조급하지는 않았다. 여자의 기다리겠다는 말이 아니었더라도, 지금만큼은 그러고 싶었다.

여자는 내가 벽을 더듬어가는 동안 서툰 발음으로 똑같은 노래를 몇 번이나 불렀다. 노랫소리가 봄바람처럼 어둠 속을 너울거렸다. 여자의 목소리 끝이 가늘게 떨리고 있었다.

어느새 창문이 손에 닿았다. 목덜미에 흐르는 땀을 손으로 닦아냈다. 창틀을 붙잡고 문을 열었다. 특유의 비 냄새가 실린 바람이 불어왔다.

"창문을 찾았어요."

"아."

여자는 한동안 말을 하지 못했다. 노래를 부르는 동안 라파엘과

지낸 시간을 생각한 모양이었다.

"미안해요."

"언제까지라도 기다릴게요."

내가 말했다. 전화기 속에서 여자가 작게 웃었다. 여자가 불렀던 노래의 후렴구가 자꾸 귓가에서 맴돌았다.

"혹시 노래의 뜻을 알아요?

"켄세라. 누구일까, 라는 말이에요. 나는 다시 삶을 살길 원한다. 내게 사랑의 열정과 뜨거움을 느낄 수 있게 해줄 사람은 누구일까. 그 사람을 찾을 수 있을까. 그런 뜻을 담고 있다고 해요."

나는 여자의 말을 들으며 바람 냄새를 맡았다. 그리고 여자가 보는 창밖 풍경을 기다렸다. 오랜만에 맞는 바람이 가슴속을 드나들었다.

"창문 밖에는 나무들이 아주 많아요. 빗길을 달리는 자동차들, 가로등이 즐비한 구불구불한 도로들과 면한 검은 산, 그리고 하늘이 있어요. 이상한 일은 비가 내리고 있는데 달이 떠 있다는 거예요."

"달이 떠 있다고요?"

"네, 희미하지만 확실해요. 달무리가 있고, 잿빛 얼룩이 묻은 것 같은 달이에요."

"그리고 또 뭐가 보이죠?"

"능선이 낮은 산 밑에는 산책로가 하나 있어요. 경사가 완만해서 나도 가끔 저곳을 걸어요."

여자가 하는 말을 들으며 나도 모르게 눈앞의 어둠에 그림을 그려가기 시작했다.

"산책로 입구에는 풍선을 든 아이들이 목마를 타는 놀이터가 있어요. 그 앞을 오가는 사람들이 많아요. 큰 소리로 웃는 사람도 있고, 아이의 옷에 묻은 흙을 털어주는 젊은 엄마 모습도 보여요. 놀이터 벽에는 누군가 그라피티를 해놓았어요. 울긋불긋한 열매가 아주 많이 달려 있는 나무 같기도 하고, 수많은 인파가 모인 광장을 위에서 내려다본 모습 같기도 한 그림이에요. 스프레이 색깔들이 마구 섞여 있어서 정확히 어떤 걸 그려놓았는지 모르겠어요. 하지만 손색없는 그림처럼 느껴져요. 아, 저기 어떤 사람이 빨간 토마토를 한입 베어 물었어요. 토마토를 별로 좋아하지 않아선지 먹고 싶은 생각이 들지는 않네요. 중년 남자 하나가 그 옆을 지나가고 있어요. 끌고 가던 개가 말을 잘 듣지 않아 목줄을 쥔 남자는 잔뜩 화가 난 표정이에요. 뭉게구름 같은 하얀 털을 길게 늘어뜨린 개예요. 아마 덩치가 큰 그레이트종인 것 같아요."

이런 새벽에 여자가 말한 풍경이 있을 리 없었다. 하지만 나를 놀리고 있다는 생각은 들지 않았다. 그것들은 여자가 내게 보여주고 싶은 창밖이었을 것이다.

나는 여자의 말을 따라가며 그렸던 그림을 어둠 속에서 응시했다. 눈앞에 펼쳐진 것은 늦은 오후의 풍경이었다.

“라파엘을 끝내 그리지 못한 건가요?

내가 물었다. 느닷없는 질문이 당혹스러웠는지 여자의 대답은 한참 후에야 이어졌다.

“이상한 것은…… 라파엘의 잠든 얼굴을 한 번도 보지 못했다는 거예요. 나중에야 라파엘이 항상 나보다 먼저 일어나서였단 걸 깨달았어요. 내가 가장 편안한 자세로 잠이 들고 나서야 그도 눈을 감고 잠을 청했던 거죠. 그러고는 날마다 색다른 페루 음식을 해놓고 내가 깨어나기를 기다렸어요. 조용히.”

“결국은 그리지 못했군요.”

“글쎄요, 아직도 내 방에는 라파엘을 그리다 만 그림이 있어요. 눈을 그려 넣지 못했으니, 완전한 그림이라고 할 순 없겠죠.”

“라파엘은 지금 어디 있는 거예요?”

“죽었다고 했잖아요.”

여자가 말했다. 나는 라파엘을 떠올리며 울고 있을 거라 생각했지만, 여자의 목소리는 담담했다.

라파엘이 페루로 떠나던 날, 여자는 꿈속에서 커다란 새를 보았다.

“라파엘, 어머니 아버지 허락받고 돌아온다. 안데스, 오른다. 하늘, 기도한다.”

“꿈에서 커다란 새를 봤어. 하늘을 나는.”

“콘도르.”

라파엘이 손으로 새를 만들어 허공을 나는 시늉을 해 보인 후, 가방에서 종이를 꺼내 고향 주소를 케추아어와 스페인어로 적었다. 여자는 전화번호를 물었다. 라파엘은 자신의 고향은 가난하고 척박한 안데스 산악 지대의 인디언 마을이라고만 했다. 그리고 고향의 아버지에 대해 말했다.

라파엘의 아버지는 인디오였다. 그는 등반객의 짐을 산 정상까지 나르는 포터(porter)로 평생을 늙었다. 그 일은 가족의 계보 같은 것이었다. 함께하던 친구들이 하나둘씩 조난을 당해 사라졌지만 아버지는 변함없이 산에 올랐다. 어느 날 라파엘은 평소 아버지 몰래 연주하던 안타라를 짐 속에 넣고 수도인 리마(Lima)로 떠났다.

“걱정하지 마. 아버지 만난다. 라파엘, 약속한다. 돌아온다.”

라파엘이 손으로 여자의 얼굴을 쓸어내리며 말했다. 여자는 라파엘을 끌어당겨 안았다. 라파엘은 가슴에 안겨 작은 새 같은 숨소리를 냈다.

한 달이 지났지만 라파엘은 돌아오지 않았다. 여자는 라파엘이 속해 있던 키만투 악단을 수소문해 찾아갔다. 여자가 도착했을 때 그들은 이미 다른 곳으로 떠나고 없었다.

집으로 돌아온 여자는 라파엘이 예전에 살던 집으로 밤마다 전화를 걸었다. 라파엘과 관련된 누군가가 아직 그 집에 사는 게 분

명하다고 여자는 확신했다. 신호가 가고 있는 전화기를 붙들고 라
파엘의 이름을 수십 번 되뇌었다. 언제나 전화를 받는 사람은 없
었다.

며칠 후 여자의 집으로 알란이 찾아왔다. 알란은 라파엘과 같은
악단에서 차랑고를 연주하던 사람이었다. 여자는 기타보다 가늘
고 맑은 음을 내던 차랑고 소리를 기억했다.

알란은 눈을 동그랗게 뜨고 있는 여자 앞에서 커피 두 잔을 연
달아 마셨다. 주머니에서 천으로 둘둘 말린 것을 내놓았다. 안에는
잘라낸 손톱들과 머리카락, 치아 두 개와 피부 조각이 들어 있었
다. 꾸둑꾸둑 마른 피부 조각 위에 여자의 이니셜이 박혀 있었다.

"라파엘."

알란이 보자기에 들어 있는 것들을 가리키며 말했다.

"라파엘?"

여자는 알란의 뭉툭한 손가락을 내려다보며 인상을 찌푸렸다.

"라파엘, 약속, 지키고 싶었다. 이것이 라파엘."

알란이 보자기의 것들을 여자 앞에 밀어놓았다. 귓가에서 윙윙
거릴 뿐 그의 목소리가 잘 들리지 않았다. 여자는 알란의 입술을
유심히 쳐다보았다.

라파엘은 아픈 아버지를 대신해 포터로 산에 올랐다. 바람도 없
고 능선과 바위에 연무 같은 구름도 끼지 않은 날이었다. 그렇게
맑은 날에 누구도 실족사 같은 걸 하리라곤 예상하지 못했다.

이것이 라파엘. 여자는 라파엘의 조각들을, 그렇게 돌아온 라파엘을 믿고 싶지 않았다. 라파엘은 마을의 풍습에 따라 장례를 치렀다. 알란은 라파엘 사진을 내밀었지만 여자는 애써 보지 않으려 했다. 사진은 장례를 치르기 위해 산으로 오르기 직전에 찍은 것이었다. 라파엘은 잠이 든 것처럼 눈을 꼭 감고 있었다.

여자는 혀로 치아를 더듬으며 오후의 흐릿한 빛이 스며드는 창밖으로 고개를 돌렸다. 두렵지는 않았다. 그런 건 아니라고 혼잣말을 했다. 여자는 바닥이 자신 앞으로 기우는 것 같아 눈을 질끈 감았다.

라파엘의 마지막 모습을 담은 사진이 궁금했지만 여자에게 나는 아무런 말도 하지 못했다.

"알란이 돌아가고 나자 나는 샤워를 했어요. 손가락과 발가락 끝이 하얗고 쭈글쭈글해질 때까지. 천천히 물기를 닦아냈죠. 깨끗한 옷을 입고 라파엘이 페루에 가기 전에 사준 새 구두를 신었어요. 다시 돌아와 나를 보고 기뻐하는 모습을 상상하면서요."

"당신이 나보다 더 고통스러울 거란 생각이 들어요."

내가 말했다. 잠시 침묵이 이어졌다. 여자의 대답을 기다렸지만 희미한 음악 소리만 들렸다.

"듣고 있나요?"

나는 여자가 전화를 끊어버릴까 봐 조금 두려웠다. 이유는 모르겠지만 그런 생각이 들었다.

"내게는 눈앞의 빛이 사라지던 순간이 남아 있어요. 사물들의 모서리가 흐물흐물해지던 마지막 시간이었죠."

나는 여자의 대답을 듣지도 않고 내 이야기를 시작했다. 여전히 희미한 음악 소리. 전화를 끊은 건 아니었지만, 내 말을 듣고 있는지는 알 수 없었다. 침묵이 이어질 때마다 길게 내뱉는 숨이나 침을 삼키는 소리가 들리곤 했는데, 이번엔 그것마저 없었다. 수신인이 없는 빈 전화기를 들고 있는 것 같아 손끝이 시려왔다.

"사람들은 자신을 둘러싼 모든 것들을 마지막으로 눈에 담고 싶어 한다고 생각해요. 푸른 나무를, 하늘을, 구름을, 사랑하는 사람들의 얼굴과 몸을, 눈부신 빛을, 집 안의 익숙한 구도를. 하지만 그렇지 않았어요. 갑자기 모든 것들이 끔찍해지기 시작했거든요. 화인처럼 머릿속에 박혀서 앞으로 나 자신을 얼마나 괴롭힐 것인지 알고 있으니까. 목숨이 붙어 있는 날까지 보고 싶다는 열망이 머릿속을 맴돌겠죠. 차라리 애초부터 알지 못하고, 보지 못했던 것들이라면 남아 있는 기억도 없을 거예요. 나는 상상은 그 자체로서만 존재해야 한다고 생각했어요. 그래서 완전히 보이지 않게 된 그 마지막 순간에 눈을 감아버렸어요. 더 많은 것을 보지 않으려, 더 많은 것을 머릿속에 남기지 않으려 눈을 감고 기다렸어요. 빛이 완전히 사라질 때까지. 어머니가 내 몸을 흔들며 나를 불렀어요. 눈을 떴을 때 빛은 이미 사라지고 없었죠. 어둠이 그렇게 무서운 것이란 걸 그때 처음 알았어요."

"아!"

갑자기 여자가 소리를 질렀다. 두려움이 실린 것은 아니었고, 탄성에 가까웠다.

"무슨 일이죠?"

내가 물었다. 전화기 너머에서 부산하게 몸을 움직이는 소리가 들렸다.

"온 세상이 깜깜해요. 정전이 된 것 같아요. 어떻게 이렇게 깜깜할 수 있죠?"

전혀 몰랐던 어떤 것을 새롭게 발견한 아이처럼 여자의 목소리가 한 톤 높아졌다.

"당신이 있는 곳이 도시라면……."

"도시였다면 이렇게 어둡지는 않았겠죠. 도시의 밤은 정전이 되어도 완전히 깜깜하지는 않으니까. 이곳에서도 이런 밤은 처음이에요."

"그렇군요."

그러나 나는 여자가 겪고 있는 어둠이 어느 정도인지 짐작할 수 없었다. 여자가 다시 말을 이었다.

"누군가가 더 고통스럽다고 생각하는 건 좀 우스운 일 같아요. 당신이 보고 있을 어둠이 이럴지도 모르겠군요. 아무것도 윤곽이 없는 완벽한 어둠 말이에요. 내 앞의 사물이, 세계가 어떤 것인지 전혀 가늠할 수가 없어요.”

“촛불이라도 켜요.”

내가 말했다. 진심이었다.

“그러지 않는 게 좋겠어요. 어둠 속을 헤집는다는 게 두려워요.”

우리는 불이 들어올 때까지 그렇게 있기로 했다. 아무런 말도 하지 않고 각각 다른 어둠에 둘러싸인 채로.

“당신이 끊었을까 봐 걱정했어요.”

여자가 말했다.

“걱정하지 말아요. 약속해요.”

땀이 고여 전화기가 미끈거렸다. 나는 손바닥을 바지에 문질러 닦았다.

“라파엘도 그런 말을 했어요. 걱정하지 말라고, 약속은 꼭 지킨다고. 그리고 떠났죠. 난 내 입으로 말하면서도 정작 라파엘의 죽음을 믿지 않아요. 내가 보지 못한 일이니까. 나는 아직도 라파엘을 기다리고 있어요. 한 번도 문을 잠그지 않았고, 내 방의 불을 끈 적도 없었죠. 내가 기다리고 있다는 걸 그가 알아주길 바라면서요. 라파엘의 일부가 들어 있는 보자기를 다시 열어보지도 않았어요. 사랑하는 사람이 흔적도 없이 사라져버렸다는 걸 당신이라면 믿을 수 있겠어요?”

“무슨 말인지 알아요. 당신이 충분히 고통스럽다는 것도.”

나는 다리에 힘이 풀려 주저앉았다. 또 다른 벽이 등에 닿았다.

이렇게 얼마나 더 많은 벽을 더듬어야 하는 것일까.

"알 수 없어요. 당신은 내가 아니니까. 당신보다 내가 더 힘들다고 말하는 게 아니에요. 누가 더 슬프고, 누가 더 고통스럽다고 할 수 있을까요. 아무도 그렇게 말할 수 없다는 걸 당신도 알잖아요. 고통에는 무게가 없어요. 그걸 가장 잘 아는 건 자신뿐이에요. 난 지금 어둠 속에 있지만 당신을 이해한다고 생각하지는 않아요. 그건 어리석은 일이에요."

이상하게 핏, 웃음이 나왔다. 여자에게 예의가 아니란 걸 알면서도, 이런 상황이 그리 우스울 게 없다는 걸 알면서도. 입을 틀어막았지만 이미 내 웃음소리는 전화기 너머로 스머든 후였다. 웃음을 참느라 얼굴에 경련이 일어날 것 같았다. 나는 입술을 세게 깨물었다. 소용없는 일이었다. 순간 여자가 나를 따라 웃었다. 예상하지 못한 일이었다.

"그러니까 우리는 서로 위로가 필요한 사람들이군요."

내가 말했다. 그러는 중에도 계속 웃음이 나왔다.

"켄세라, 누구일까라는 건 결국 타인이 아닌 나 자신일지도 몰라요. 하지만 위로가 필요할 땐 위로해달라고 말하는 걸 두려워해서는 안 돼요."

여자도 웃으며 말했다.

"그렇다고 눈이 없는 대신 손과 귀가 있으니까, 하고 말해서는 안 돼요. 그건 정말 어리석은 일이에요."

내가 말했다. 우리는 전화기를 붙잡은 채로 한참을 웃어댔다. 나중에는 찔끔찔끔 눈물이 나왔다.

"아, 지금 불이 들어왔어요."

여자가 코를 훌쩍거리며 말했다. 나는 여전히 웃으며 손바닥으로 눈물을 닦았다.

"다행이에요."

내가 말했다. 얼마나 웃었는지 배가 아팠다. 그리고 몹시 배가 고팠다.

"이제 곧 아침이 될 거예요."

나는 여자의 말이 전화를 끊어야 한다는 뜻임을 알아차렸다. 여기서 그만 끝내야 한다는 걸 누구보다 잘 알고 있었다.

"생각해보니 당신에게 내가 해준 말이 별로 없는 것 같아요."

"반드시 필요한 일을 해주었죠. 전화를 끊지 않겠단 약속을 지켜줬잖아요. 그것도 이런 새벽에."

여자가 말했다.

우리는 전화를 끊었다.

잘 지내라든지, 건강해야 한다든지, 그것이 무엇이든 빨리 헤어나오라든지 그런 말은 하지 않았다. 뜨거운 기름에 발가락 하나를 담그든 발목까지 담그든, 중요한 것은 얼마만큼 빠르게 발을 빼내느냐 하는 거라는 어설픈 위로도 하지 않았다. 그리고 다시 전화 통화를 하자는 인사치레 같은 것도 하지 않았다. 그게 더 진중한 위로처럼 느껴졌다. 여자도 마찬가지였을 것이다.

'잠이 오지 않으면 우유를 데워 마셔봐요. 아주 천천히, 서두를 것 없잖아요. 우유를 다 마셨는데도 잠이 오지 않는다 해서 실망할 건 없어요.'

전화를 끊기 전에 여자가 마지막으로 한 말이었다. 그러지 않아도 몇 번 우유를 데워 마셔보긴 했지만 별 효과는 없었다. 하지만 나는 바닥에서 일어섰다.

천천히 벽을 더듬었다. 서두를 건 없었다. 설령 의자 모서리나 뾰족하게 솟아나온 사물에 몸을 부딪친다 해도, 그것은 어둠 속을 익숙하게 걷기 위한 하나의 과정일지도 몰랐다.

냉장고 문을 열었다. 둥근 모양의 물병들이 만져졌다. 사각의 우유팩은 도어 끝에 꽂혀 있었다. 손으로 더듬어 주전자에 우유를 따르고 가스레인지 레버를 돌렸다. 훅, 뜨거운 기운이 일었다. 나는 이마와 목덜미의 식은땀을 닦아냈다. 길을 오가는 사람들의 발걸음 소리가 들렸다. 밖은 이미 아침이 왔을 것이다. 주전자에서 우유가 데워지는 소리가 났다. 레버를 돌려 불을 끄고 우유를 따랐다. 적당한 양을 가늠하기 위해서는 신중하게 컵을 더듬거려야 했다. 자칫 잘못하면 손등에 뜨거운 우유를 부을 수도 있었다. 온 신경이 손끝으로 모아졌다.

컵을 감싸 쥐었다. 온기가 손바닥에 전해졌다. 입바람으로 불어가며 천천히 우유를 마셨다. 여자의 말대로, 뜨거운 우유를 다 마셨는데도 잠이 오지 않는다고 해서 실망할 것은 없었다.

다시 방으로 돌아오는 동안 여자가 불러준 노래를 허밍으로 흥얼거렸다. 내가 아는 건 '켄세라, 켄세라'라고 반복되는 곳이어서 그 부분에서만 목소리가 커졌다. 노래의 리듬에 맞춰 거실 벽을 더듬었다.

방문 손잡이를 잡았다. 겨드랑이 부분이 뻐근하고 온몸이 나른했다. 뒤이어 지독한 피로감이 몰려왔다. 먼 길을 오랜 시간 동안 걸어온 느낌이었다.

아칸소스테가

외출했던 아내가 이구아나 한 마리를 안고 돌아왔다. 초록빛 몸통에 꼬리에는 우둘투둘한 융기가 한 줄로 돋아 있었다.

"도트."

의아한 눈으로 바라보는 내게 아내가 말했다.

"도트?"

"이 아이 이름이야. 인사해. 이제부터 우리와 함께 살 거야."

"도트? 점?"

"응. 그런데 이름 뜻은 달라. 도토리만 먹는대. 태어나서 지금까지, 쭉."

아내가 도트라고 이름 지은 이구아나는 꼬리를 날렵하게 움직이며 마루 이곳저곳을 헤집고 돌아다니다, 가끔 멈춰 서서 끽끽거리는 소리를 냈다. 우스운 것은 녀석이 뒤로만 걷는다는 사실이었다. 새롭게 맞닥뜨린 낯선 세계를 제 딴에는 그렇게 탐색 중인 모양이었다.

아내는 또 어디론가 나가더니, 새끼 고양이 한 마리를 안고 들어섰다.

"이번엔 이름이 뭐야?"

내 물음에 아내는 웃기만 하더니 주방으로 들어가 밥그릇을 들고 나왔다.

"봐, 귀엽지 않아?"

아내는 마룻바닥에 밥풀을 흩어놓았고, 고양이는 그 밥알을 정신없이 핥았다.

"이 아이 이름은 바파르가 좋겠어."

"바파르? 왜?"

"밥풀."

아내는 또 웃었다. 나는 밥알을 먹는 새끼 고양이를 내려다보았다. 한쪽 눈 주위를 둥그렇게 감싼 검은 털 때문에 만화 속의 '애꾸눈 잭'이 떠올랐다.

아내는 연 이틀 동안 동네 구경을 하겠다고 나가서는 그린이구아나 한 마리와 고양이를 안고 돌아왔다. 모두 이웃들이 이사 온 기념으로 주었다는데, 꽤 복잡하고 신경 쓰이는 선물인 셈이었다. 하지만 태어난 지 얼마 안 된 그것들을 데려와서 대체 어쩌려고,

하는 생각은 하지 않기로 했다. 아내에게 작은 위안이라도 될 수 있다면 그걸로 족했으므로 문제 될 건 없었다.

아내는 도트와 바파르를 한꺼번에 껴안고 있었다. 나는 쏟아지는 졸음을 이기지 못해 길게 하품을 했다. 감기는 눈 사이로 아내 뒤의 마루와 그 너머의 바다가 햇살에 반짝였다.

"기조 씨, 기조 씨."

마루에 앉아 해바라기를 하던 아내가 스르르, 내 쪽으로 고개를 돌렸다. 나는 엉겁결에 손에 들고 있던 물컵을 바닥에 쏟았다.

아내는 내 이름을 두 번 반복해서 부르곤 했다. 아내는 이름마다 어떤 리듬이 새겨져 있는데 사람들이 그걸 알아차리지 못하는 건, 자기 자신의 한 부분에만 관심이 쏠려 있어 다른 것을 향할 여지가 남아 있지 않기 때문이라고도 했다. 그러고는 다시 리듬을 실어 기조 씨, 기조 씨, 하며 가볍게 몸을 흔들었다.

"어릴 때 아빠 따라 이발관에 갔다가 수동식 이발기로 뒷머리를 깎곤 했거든. 날이 뾰족뾰족하고 가위처럼 생긴 거 말이야. 스프링이 움직일 때마다 시계 초침 소리가 나서 졸음이 몰려오곤 했어."

나는 아내의 목소리를 들으며, 유년의 그녀를 상상했다. 아내가 초등학교 교사였던 아버지를 따라 어린 시절을 보낸 곳은 사방이 산으로 둘러싸인 시골이었다. 사시사철 울울한 숲과 자갈길 사이로 소나무 냄새가 밴 바람이 부는 곳이었다며 아내는 지그시 눈을 감고 말했었다. 아내의 눈두덩 위로 평온했던 유년이 지나가는 것 같았다. 오래된 팝송이 흘러나오던 허름한 이발관과 머리에 번 들번들하게 기름을 발라 뒤로 넘긴 이발사 앞의 한 여자애가 떠올랐다. 작은 몸집의 여자애는 의자 위의 울룩불룩한 빨래판에 앉아 쏟아지는 졸음을 이기지 못해 매번 머리를 뜯기곤 했을 것이다. 나는 따끔하고 간질간질한 느낌이 일어 머리를 긁적였다.

"바파르, 이리 와."

아내가 바파르를 불렀다. 새끼 고양이는 선뜻 다가가지 않고 몸을 이리저리 꼬며 아내를 탐색 중이었다. 아내의 희멀건 손이 바파르를 끌어당겼다.

아내는 심장근육이 굳어가는 희귀병 진단을 받았다. 가끔 가슴을 옥죄는 통증 외에는 별다른 증상이 없었더랬다. 섬유화의 진행으로 수축을 하지 못하는 심장은 언제 멈출지 모른다 했다. 그 언제라는 것이 막연하기만 해서, 일 년을 살지도 십 년을 살지도 모르는 일이었다. 원인도 치료법도 그에 따른 예후도 없어, 정확하게 처방받을 수 있는 약도 시도해볼 수 있는 수술도 없었다.

아내는 울지 않았다. 대신 작은 목소리로 눈물이 날 정도로 매운 음식이 먹고 싶다고 했다. 나는 아무 말 없이 고개를 끄덕였다. 그리고 병원에서 돌아오는 길에 분식점에 들러 떡볶이를 먹었다. 아내는 손부채질을 하며 몇 잔의 물을 들이켠 후 맑은 얼굴로 앞서 걸어갔다. 목덜미가 다 자라지 않은 계집아이처럼 푸르스름했다.

집으로 돌아온 아내는 가끔 밥을 먹다가도 스르르, 텔레비전을 보다가도 스르르, 앞이나 옆으로 고꾸라졌다. 그러고는 기조 씨, 기조 씨, 하며 내 이름을 불렀다. 그때마다 나는 고개를 끄덕였다. 내가 매번 고개를 끄덕일 수밖에 없는 것은 목소리에 담긴 어떤 기운 때문이었다. 아내의 목소리는 어쩐지 청량한 바람이 묻어나는 민트사탕 같다. 그 담박한 목소리를 듣고 있으면 바닥을 향해 아주 가볍게 내딛는 발걸음이 떠올랐다.

"나, 탭댄스를 배울까 해."

아내는 바파르 털을 손으로 쓸어주며 말했다. 이어 작은 새처럼 여린 숨을 내쉬었다. 다가가 아내의 이마를 짚었다. 손바닥에 축축하고 뜨거운 온기가 느껴졌다. 그 뜨거운 기운이 살아 있음을, 그리고 앞으로도 살아가고 싶다는 열망을 대신 말해주는 것 같았다.

"탭댄스? 이런 거?"

나는 일어나서 바닥에 발을 구르며 과장된 몸짓을 섞어 탭댄스를 흉내 냈다. 누가 보아도 민망한 마음에 고개를 돌렸을 것이다.

"하지 마. 바보 같아."

그렇게 말하면서도 아내의 눈에는 웃음이 묻어 있었다. 나는 머리를 긁적였다.

야옹.

바파르가 길게 하품을 하며 소리를 냈다. 아내와 나는 들었느냐는 말을 동시에 물으며 누가 먼저랄 것도 없이 웃음을 터뜨렸다.

집에 데려와서 바파르가 처음으로 고양이다운 소리를 낸 것이다.
그 옆에 있던 도트는 눈알을 굴리며 마루를 돌아다녔다. 팔이 기역
자로 꺾인 모양으로 붙어 있어서 온몸을 좌우로 틀며 걸었다. 도토
리를 찾고 있는 모양이었다. 뒤로 걸으면서도 녀석은 일직선으로
만 움직였다. 아내는 자신을 위협하는 모든 것들을 눈으로 보기 위
한 거라 말했지만 내가 생각하기에는 어떤 기형적인 요인으로 생
긴 버릇이 아닐까 싶었다. 보통의 그린이구아나는 상추나 당근 등
의 채소를 먹는다지만 도트의 식성은 달랐다. 이름값을 하려는지
오직 도토리에만 입을 댔고 몸집에 비해 먹어도 너무 많이 먹었다.
과일 조각과 채소를 그릇에 담아 내밀었지만 쳐다보지 않았다. 혹
시나 싶어 사료를 사다 주어도 마찬가지였다. 녀석은 껍질을 벗긴
도토리를 조금씩 깨물며 대부분 시간을 먹는 데 소비했다.

도트가 오고 나서 아내와 나는 도토리를 줍기 위해 집 뒤의 산을
올랐다. 가을이 깊지 않아 떨어진 것은 많지 않았다. 그것만으로는
먹는 양을 감당할 수 없었다. 결국 오 일마다 열린다는 시골 장에
가 도토리를 사왔다. 오는 길에 동물병원에 들렀다. 수의사는 설명
을 다 듣고 난 후에도 눈만 껌뻑거리더니, 겨우 '글쎄요, 이런 경우
는 처음이라. 아직까지 별문제가 없는 것으로 보아 앞으로도 괜찮
지 않을까요?'라며 오히려 우리에게 물었다. 아내와 나는 내처 도
트의 원래 주인에게 가 계속 이렇게 도토리를 먹고 뒤로 걸으며 살
아가도 되는 거냐고 물었다. 그는 도트 어미도 그렇다며 사람 좋은

웃음을 지었다. 그것은 독특한 체질로 태어난 도트와 그의 어미가
살아가는 방식이며 자신들 앞에 펼쳐진 특이한 삶을 향한 일종의
적응이라고도 했다. 그래서 도트에게 수식어가 하나 붙었다. 오직
도트.

　　빨간색과 파란색이 나선형으로 돌아가는 조명은 쉽게 눈에 띄
지 않았다. 기껏 구불구불한 골목길 끝의 이발관을 찾아가도 실상
은 마사지 영업을 하는 곳이 대부분이었다. 한적한 전원에 묻혀 사
는 작가를 만나고 돌아가는 길에 아내의 말이 생각나 이발관을 찾
아 나섰다. 서툰 페인트 글씨로 상호가 적힌 슈퍼가 보였다. 나는
생수를 사며 이발관이 있는지 물었다. 따분한 표정의 슈퍼 주인은
파리채를 휘두르며 턱짓으로 가는 길을 가리켰다. 슈퍼를 나와 주
변을 둘러보았다. 집마다 하얀색 페인트가 발린 벽면에 푸른 잎이
달린 나무와 함지박만 한 꽃들이 그려져 있었다. 높지 않은 건물들
이 고만고만해서 옛날 사진 속에나 나올 법한 풍경 같았다.
　　이발관 유리창은 커다랗고 깨끗했다. 햇빛을 받아 반짝거리는
말끔한 유리창 안에 내가 서 있었다. 내 오른쪽 어깨가 심하게 기
울어져 있었다. 가방을 다른 쪽으로 메봤지만 여전히 어깨는 기울
었다. 그런 사실을 알고 나니 무거운 등짐을 진 것처럼 갑자기 어
깨가 뻐근했다.
　　외관과는 달리 이발관 안은 허름하고 지저분했고 오래된 먼지

냄새 때문에 콧속이 간지러웠다. 인기척을 해봤지만 주인은 나타나지 않았다. 이발관에서 흔히 보았던 수영복을 입은 여자들의 사진은 없었다. 대신 그림 하나가 벽에 붙어 있었다. 액자 속의 그림은 어떤 화석을 그려놓은 것 같았다. 전체적으로는 물고기처럼 생겼지만 몸에 기역자로 꺾인 사지가 달린 동물이었다. 생생하게 그려진 모양새가 금방이라도 밖으로 튀어나올 듯했다. 꼬리지느러미 뒤로 펼쳐진 갯벌이 밤하늘의 달빛에 푸르스름한 빛을 띠고 있었다.

"아칸소스테가라우."

어디서 나타났는지 추레한 노인이 옆에 서 있었다.

"아, 네."

노인의 말을 건성으로 들으며 고개를 끄덕였다.

"화석 속의 주인공은 인간의 선조라네. 우리들이 원래 아란다스피스라는 물고기였다는 걸 알고 있나?"

"물고기요?"

"자네가 익히 알고 있는 것보다 더 먼 시원을 말하는 거야. 사지가 달린 물고기 이전에는 아주 작은 미생물이었다지."

나는 또 고개만 끄덕였다. 노인이 나를 흘끔 보더니 다시 그림 쪽으로 고개를 돌리고 말을 이었다.

"바다 밑에서 커다란 고기에게 잡아먹히며 약자로 살다가 어느 날 육지로 나오게 되었다네. 그러곤 물고기로서의 진화가 아니라

습지에서 살아가기 위해 몸을 변화시켰지. 바다에서 살지 못했으니 누군가는 퇴화라고 할 테지만, 물고기로서 진화하지 못했다고 다 퇴화라 말할 수는 없잖은가. 새로운 세계를 맞닥뜨리고 끊임없는 고난에 부딪히면서 녀석은 자신만의 적응을 모색했을 거야. 살아남을 수 있는 자신만의 방식으로. 바람이 불고 때로는 폭풍이 몰아쳐도 말이야. 그건 또 다른 진화 방식이 아닐까?”

노인은 자신의 무용담을 이야기하듯 눈을 지그시 떴다. 허무맹랑한 말을 늘어놓는 괴짜처럼 보였다.

“녀석이 바다 밖으로 나와 육지에 적응하지 못했다면 이렇게 자네와 내가 서 있는 일도 가능할 수 없었을 걸세. 지구상의 모든 포유류의 선조였으니까.”

나는 노인에게서 시선을 떼어 그림을 바라보았다. 바닷속의 평범한 물고기에서 육지로 나와 기역자로 꺾인 사지를 좌우로 움직이면서 걷는 저 그림 속 도마뱀 같은 물고기로, 그리고 다시 인간을 포함한 지구상의 모든 포유류로 변해가는 영상이 펼쳐졌다. 아무래도 믿기지 않는 장면이었지만, 노인의 말이 사실인지 아닌지를 굳이 따져 물을 일은 아니지 싶었다.

“이 그림 사실라우? 이게 습곡에서 발견된 화석을 재현해놓은 거야. 진짜 화석은 아니지만 그림이 너무 생생해서 더 진짜처럼 보인단 말이지. 녀석을 봐, 멋지잖아?”

노인이 새끼손가락으로 코를 후벼 파더니 거뭇한 코털을 뽑아 허공에 대고 후후 불었다. 나도 모르게 미간이 찌푸려졌다.

"그게 아니라 저는……."

"안 사려면 말고."

노인은 옷의 먼지를 툭툭 털며 웃었다. 입술 사이로 드러난 누런 치아는 듬성듬성했고 오랫동안 빨지 않았는지 하얀 가운 여기저기에 얼룩이 묻어 있었다. 나는 그림 앞에서 물러서며 수동식 이발기가 있는지 물었다. 노인이 헤벌쭉해지며 고개를 끄덕였다.

노인이 내 앞에 꺼내놓은 것은 이발기뿐만이 아니었다. 날이 무딘 가위와 숱이 무성한 거품 솔, 손잡이가 달린 면도칼과 구식 라디오, 그리고 십 년도 더 지난 것 같은 잡지, 나팔꽃처럼 생긴 커다란 관이 달린 축음기 등 모두 오래되고 별로 실용적이지 않은 것들이었다. 그 어느 것에도 선뜻 손이 가지 않았다.

한쪽에 세워진 서랍장 안에서 물건들은 계속 쏟아져 나왔다. 그 중에는 알록달록한 단추들과 실패 뭉치도 있었다. 손때가 묻은 작은 주전자와 작동이 될까 싶은 전기 포트와 다리미도 나왔다. 가장자리가 깨진 접시와 컵을 탁자 위에 올려놓으면서 노인은 내내 벙글거렸다. 나는 그런 노인이 이발사가 아니라 '기이하고 특별한'이라는 이름이 붙은 서커스단의 마술사가 아닐까 생각했다. 정말 노인에게는 기이한 구석이 있었고 어쩐지 나와는 다른 세계와 시간을 살고 있다는 느낌이었다. 그래서 함께하는 시간이 흐를수록 그런 기이함이 특별하게 여겨졌다. 설령 그것이 오래된 물건들이 뿜어내는 기운 때문이라 해도 별 상관없는 일이었다.

"이런 걸 사가는 사람들이 있습니까?"

나는 노인의 성의를 생각해 거품 솔을 집어 들며 물었다. 그가 나를 향해 다시 벙긋 웃었다. 물건들을 팔기 위해 억지로 지어 보이는 웃음 같진 않고 원래 천진하게 잘 웃는 사람 같았다.

"사가는 사람들이 있긴 하지. 가끔이긴 하지만. 자네가 이발기를 사러 오는 것처럼 말이야. 요샌 통 손님이 없어. 남자들도 미용실에서 머리를 깎는 이상한 시대니까."

노인은 내 반응이 시원치 않다 생각했는지 이번에는 이발 의자를 가리켰다.

"그럼 이걸 사시든지. 이게 한 오십 년 됐나?"

여기저기 거죽이 뜯겨져 나가고 없어 오십 년이 아니라 한 백 년은 더 지난 것 같았다. 누군가가 앉는다면 그대로 폭삭 주저앉을 것처럼 낡은 의자는 위태로웠다.

"이 의자를요?"

"이거 좋아. 한번 앉아봐. 얼마나 편안한지 잠이 그냥 와버려."

나는 멋쩍게 웃으며 수동식 이발기만을 가방에 넣었다.

"저 그림은 안 사가고? 저것도 오천 원인데."

나는 노인의 손끝을 따라 그림을 바라보았다. 이내 고개를 저어 보였다.

"사가든지 안 사가든지 상관은 없어. 하지만 언제든지 이것들이 필요하면 찾아오라고. 내가 살아 있는 한 여길 떠나진 않을 테니까. 지금은 보이지 않던 것들이 언젠가는 눈에 들어올 날이 오기도 하거든. 살아 있다면 말이야."

이발관을 나서는 내 등 뒤에서 노인이 껄껄 웃었다. 나는 몇 번 뒤를 돌아보았다. 이발관 유리창으로 햇살이 포자처럼 부서져 내렸다. 몇 걸음을 지나지 않았지만 어느새 이발관이 저 멀리 물러나 있었다.

아내는 내가 사온 수동식 이발기를 신기한 눈으로 들여다보았다. 나는 이발관에서 보았던 아칸소스테가 얘기를 하려다 그만두었다. 마루에 거울을 놓고 가위를 가져와 앉더니 아내는 자꾸 혼자서 자르겠다고 고집을 부렸다. 아내는 가위로 망설임 없이 머리카락을 귀밑까지 바짝 잘랐다. 얼굴에 붙은 머리카락을 푸푸, 불던 아내가 내가 사온 이발기를 내밀었다. 나는 그것을 받아 들고 아내의 목덜미를 깎기 시작했다. 머리카락이 잘려 나갈 때마다 낡은 스프링이 시계 초침처럼 째깍거리는 소리를 냈다. 그 사이로 아내에게 선물해준 유년의 시간이 지나가고 있었다.

단발머리 아내는 시골의 촌스러운 계집아이처럼 보였다. 아내가 거울에 비친 자신을 유심히 바라보다 살짝 웃었다. 나는 아내가 웃을 때마다, 그녀의 생명이 조금씩 길어지는 것 같아 마음이 들뜨곤 했지만 어떻게 하면 아내를 웃길 수 있을까, 연구하지는 않았다. 아내가 내게 바라는 것도 다르지 않을 것이다.

아내의 희귀병 진단을 받고 나서 우리는 겨우 며칠만 여행을 다녀왔다. 여행 중에도 아내가 움직이는 반경은 작고 조심스러웠다. 조수석에 앉아 노래를 흥얼거리거나 차창 밖으로 손을 내밀어 바람을 움켜쥐었다. 어느 땐 수천만 개의 입자로 쏟아져 내리는 햇빛을 받으며 꾸벅꾸벅 졸기도 했다. 사실 아예 모든 걸 정리하고 남은 시간을 아내와 여행하며 보내고 싶었다. 그 시간이 일 년이든, 십 년이든 상관없었다. 나는 승합차를 사서 개조한 다음 전국을 돌아다니자고 제안했다. 아내는 단호하게 고개를 저었다. 선배 둘과 함께 소규모로 운영해오던 출판사를 접겠다고 했다. 최근에 출판된 책의 반응이 좋아 형편은 나아지고 있었지만 마음이 가질 않았다. 아내는 그것마저 만류했다.

'변하는 건 없어. 그냥 다가오는 하루하루를 자신만의 방식으로 살아가는 게 가장 좋은 선택이야.'

자신의 말처럼 아내는 어떤 변화도 원하지 않았다. 조바심을 내고 안절부절못하는 것은 오히려 내 쪽이었다. 어이없게 뭔가 극적인 상황을 바랐던 것인지도 몰랐다. 아내는 드라마나 영화의 주인공처럼 첫사랑을 찾지도 않았다. 특별히 찾고 싶은 사람도 없다 했다. 아련한 추억이나 죄책감을 가질 만한 상대가 없는 아내의 지나온 삶은 튀어나온 곳 없이 담백하고 평평했다.

한 달이 지났지만 아내 말대로 변한 건 아무것도 없었다. 예전보다 집에 있는 날이 더 많아졌지만, 나는 여전히 며칠에 한 번씩 출판사에 나가 작가를 만나고 편집 회의를 했다. 그러면서도 수없이 집으로 전화를 걸어 아내의 안부를 물었다. 전화를 받지 않으면 들고 있던 서류나 책을 그대로 집어 던지고 숨 가쁘게 집으로 달려왔다. 그러면 아내는 오르내리는 내 등을 무심한 얼굴로 다독였다.

우리에게 유일한 변화가 있었다면 살던 집을 그대로 둔 채 이곳으로 들어온 것이었다. 우연히 여행 중에 들른 곳이 아내 마음을 사로잡았다. 나도 다르지 않아 며칠 전에 대충 짐을 싸 이사를 했다. 다리가 있어 완전히 고립된 섬도 아니고, 살던 집과도 멀지 않고 푸른 바다를 볼 수도 있는 곳이었다.

새로 마련한 집의 마당에는 웃자란 풀이 무성했고 소금기가 밴 바람은 부드러웠다. 마루의 묵은 때가 대단해서 열 번이 넘는 걸레질을 해야 했다. 아내는 내가 하는 일들을 마루에 앉아 바라보며 음악을 들었고, 나는 온종일 풀을 베고 마당을 쓸고 거미줄을 걷었다. 하루라는 시간은 생각보다 빨리 지나갔다.

아내가 단발머리를 나풀거리며 안방 문을 닫더니 한참이 지나도 나오지 않았다. 나는 앞에 서서 문을 열려다 말고 잠시 머뭇거렸다. 안에서는 서툴지만 제법 힘이 실린 소리가 들렸다. 주춤하게 물러서서 탭댄스를 추는 아내가 내는 소리를 들었다. 투닥 틱, 투닥 틱, 톡, 톡, 톡, 아내가 바닥에 발을 굴렸다. 나는 아내의 춤추는 모습을 보고 싶었지만 그만두기로 했다. 검은 가죽 신발을 신은 아내의 작은 발이 내는 소리가 계속 이어졌다. 지난밤 노트북으로 교습 동영상을 반복해서 보더니 어느 정도 스텝을 익힌 모양이었다. 단발머리 아내가 허공으로 튀어 오르는 상상을 하니 쿡쿡, 웃음이 나왔다.

마루 한쪽에 있는 바파르와 도트의 집 앞으로 슬쩍 다가갔다. 녀석들은 철망 안의 아내가 만들어준 이불 위에서 몸을 꼭 맞댄 채 잠들어 있었다. 바파르와 도트를 데려온 날, 아내는 마루에 앉아 천 조각들과 솜뭉치를 들고 온종일 손을 놀렸다. 간간이 지나가는 맑은 바람이 아내의 머리카락을 조용하게 흔들었다. 좌식 책상에 앉아 원고를 읽던 나는 허리를 꺾으며 기지개를 켰다. 그때 아내가 짜안, 하고 내 앞으로 이불을 내밀었다. 빨간 꽃잎이 박힌 핑크색 이불은 방석만 했고 포근포근하게 부풀어 있었다. 밖으로 삐져나온 하얀 실밥 자국을 내가 자세히 들여다보자, 아내는 딴청을 피우며 손바닥으로 이불을 가렸다.

바파르가 눈을 뜨고 나를 바라보았다. 나도 바짝 다가가 녀석을 빤히 들여다보았다. 그리고 고양이 속눈썹이 원래 저렇게 길었는지를 잠깐 생각했다. 바파르가 작은 눈을 끔벅거렸다. 오직 도트는 바파르 옆에서 눈알을 굴려 사방을 살폈다. 도트가 기역 자로 꺾인 팔로 걸음을 옮길 때마다 이발관에서 보았던 아칸소스테가라는 그림이 생각났다. 육지로 올라와 자신만의 방식을 터득했다는 그것도 도트처럼 저렇게 좌우로 몸을 틀며 걸었을 것이다.

잠이 쏟아져 내리는지 바파르가 게슴츠레한 눈으로 콧방귀 섞인 한숨을 뱉었다. 작은 물방울 하나가 내 콧잔등으로 튀었다. 도트가 바파르의 품에 얼굴을 들이밀었다. 녀석들이 서로 꼭 껴안거나 등을 맞대고 자는 걸 보면 특이하다는 생각밖에 들지 않았다. 그들은 어울릴 수 없는 종족인데도 늘 철망 안에 함께 있었다. 바파르가 도트의 철망 안으로 먼저 들어가긴 했지만, 도트도 그런 바파르를 밀어내지 않았다. 나는 마루 끝으로 와 바다를 바라보았다. 멀리 배 한 척이 수면에 포말을 일으키며 지나갔다.

투닥 틱, 투닥 틱, 톡, 톡, 톡. 물방울이 떨어져 내렸다. 사위가 온통 하얀빛으로 둘러싸여 있었고 톡톡톡, 소리는 경쾌했다. 백 브러시, 힐, 토, 스탬프, 셔플. 나는 아내의 목소리와 함께 그녀가 가르쳐준 대로 반복해서 턴을 했다.

눈을 떠보니 안방의 천장이 보였다. 발목이 뻐근했다.

투닥 틱, 투닥 틱, 톡, 톡, 톡. 투닥 틱, 투닥 틱, 톡, 톡, 톡.

이른 아침부터 아내가 마루에서 춤을 추고 있었다. 꿈속에서 물방울 소리라고 생각했던 건 아내가 발을 구르는 소리였다. 나는 자리에서 일어나 마루로 나왔다. 아내가 발그레한 얼굴로 자신의 작은 발을 내려다보았다. 슈즈 앞에 붙은 은색 징이 반짝거렸다.

"바파르가 물구나무서기를 해. 그러면 밥을 많이 먹을 수 있다고 생각하나 봐."

갑작스러운 아내의 말에 나는 어리둥절한 표정을 지어 보였다. 아내는 바닥에 앉아 슈즈를 벗은 다음 바파르를 불렀다. 녀석은 꿈쩍도 하지 않았다. 아내가 바파르를 안고 와 벽에 뒷발을 올려주었다. 바파르는 뒷발을 벽에 붙이고 물구나무를 선 것 같은 포즈를 취했다. 잔뜩 귀찮은 표정이었다.

"잘했어. 다큐 바파르."

아내는 며칠 전 바파르에게도 수식어를 붙여주었다. 바파르는 그릇에 밥을 담아주면 절대 먹지 않다가도 바닥에 흩트려주면 게걸스럽게 달려들었다. 모습이 어찌나 처절한지 아내 말대로 생존을 향한 야생 다큐멘터리를 보는 것 같았다. 그런 녀석이 물구나무를 섰다. 아내는 바파르를 안아 자신의 볼에 비볐다.

"춤은 다 배운 거야?"

나는 아내에게 물었다.

"이제 교본은 그만 보기로 했어. 기본 스텝을 다 배우진 않더라도 탭댄스를 출 수는 있거든. 나만의 방식으로."

아내가 웃으며 말했다. 입술이 푸른빛이었다. 나는 아내의 푸른빛을 바라보며 고개를 끄덕였다. 아내는 저러다가도 가끔 얼굴에 핏기가 없어지며 옆으로 쓰러졌다. 그러고는 매번 기조 씨, 기조 씨, 하고 내 이름을 불렀다. 다행히 근래에 아내가 쓰러지거나 내 이름을 두 번 부르는 일은 없었다.

"우리 산책 가자."

이마에 땀방울이 맺힌 아내가 말했다.

"괜찮을까?"

"괜찮지 않을 게 뭐 있어."

아내의 문제는 그것이 무엇이든 너무 대수롭지 않게 여긴다는 점이었다. 심지어 자신에게 다가온 병도 그렇게 여기는 것처럼 느껴졌다. 오히려 평온한 얼굴빛이었다. 나는 도통 아내의 마음을 읽어낼 수 없었다.

아내가 긴 플레어스커트에 분홍색 카디건을 걸쳤다. 나는 청바지 차림에 슬리퍼를 신으려다 아내가 눈을 흘기는 바람에 운동화로 갈아 신었다.

"당신 이름, 자꾸 부르다 보면 기적 씨, 기적 씨, 하는 거 같아."

아내는 들뜬 기색이 역력했다. 처음 만났을 때 아내는 자신이 행복한 사람도 불행한 사람도 아니라 했다. 그래서 밥을 먹는 건지, 숨을 쉬고 있는 건지, 제대로 살아가고 있는 건지 잘 느껴지지 않는다고 말했다. 그동안 아내는 기적이 아닌, 기조인 나를 만나 그런 것들을 느끼며 살아왔을까.

하늘과 맞닿은 바다가 푸르게 파닥거렸다. 교각 옆에 천막이 들어서 있었다. 서커스 단체였다. 아내와 나는 만국기가 길게 걸린 진입로를 걸었다. 오전인데도 천막 안에는 수십 개의 조명이 켜져 있었다. 트럼펫과 북소리가 정신없이 귓속을 파고들어 이상한 나라의 이상한 축제에 들어온 기분이었다. 아내가 내 팔에 매달리며 장난스러운 표정을 지었다.

"기조 씨, 기조 씨."

갑자기 아내가 가슴을 움켜쥐고 앞으로 고꾸라졌다. 한동안 듣지 못했던, 아내가 내 이름을 부르는 순간이 꼭 이렇게, 이런 모습으로 찾아와야 하나 싶었다. 나는 가볍고 둥근 아내를 싸안았다. 서커스의 시끄러운 음악 소리가 한순간에 작아졌다.

아내는 내 등에 업혀 팔을 늘어뜨리고 노래를 불렀다. 나는 아내를 업고도 가뿐한 걸음을 걸을 수 있다는 게 마음에 들지 않아, 자꾸 아내를 추어올렸다. 노래를 부르던 아내가 헉, 하고 딸꾹질 같은 소리를 냈다. 나는 아내가 부르는 노래의 제목을 물어보려다 그만두었다.

"무슨 노래든 당신이 부르고 싶으면 부르는 거야. 당신만의 방식으로."

나는 다시 아내를 추어올리며 말했다.

"관사에 살 때 아빠가 에디슨인가, 하는 상표를 모방한 축음기를 하나 구해오셨어. 꼭 정전이 되면 촛불을 켜놓고 축음기 손잡이를 한참 동안 돌려 음악을 틀었거든. 귀하거나 비싼 건 아니었지만 우리에겐 충분히 낭만적인 노래들과 밤 풍경을 선물해주었어. 당신, 축음기 소리 들어봤어?"

아내가 물었다. 나는 대답 없이 고개를 저었다. 햇살에 바다의 수면이 반짝거려 눈이 부셨다.

“한 번도?”

아내가 다시 물었다.

“어, 한 번도. 참, 그 이발관에서 축음기 봤는데. 우리 내일 사러 갈래?”

“좋아.”

아내가 대답했다. 나는 다시 한 번 아내 삶의 일부분인 유년을 선물해주고 싶었다. 잠시 멈춰 서서 아내를 추어올렸다. 아내가 헉, 딸꾹질하는 소리를 냈다.

오전 내내 비가 이어졌다. 가늘게 내리던 비는 오후가 되어서야 잦아들었다. 창문을 열자 제 빛을 찾은 풍경이 한층 선명하고 가까워져 있었다. 감기에 걸린 아내는 밤새 고열에 시달렸다. 편도선이 부었는지 아내의 날숨에 휘파람 소리가 묻어났다.

“벽에 기대고 싶어.”

아내를 반쯤 일으켜 벽에 기대게 해주었다. 아내가 자신의 머리 맡에 놓여 있던 화분을 끌어당기자 만개한 붉은 꽃잎이 잠시 흔들렸다. 아내가 손으로 꽃잎을 쓰다듬었다. 허여멀건 손가락 때문에 꽃잎이 더 붉게 도드라졌다.

“당신 혼자서 다녀오는 게 좋겠어.”

아내가 말했다.

“거긴 언제라도 갈 수 있어. 꼭 오늘이 아니어도.”

“아냐, 오늘 다녀오는 게 좋겠어. 정말 그게 좋겠다는 생각이 들어.”

“왜?”

아내는 내 물음에 대답하지 않고 힘없이 웃었다. 서른 살 아내의 입가에 주름이 깊게 파였다. 머리카락이 이마로 자꾸 흘러내려 나는 몇 번이고 반복해 쓸어 넘겼다. 힘이 들어간 손가락 사이로 몇 가닥의 머리카락이 뽑혔다.

“부탁이야. 축음기를 사와서 음악을 들려줘.”

아내는 힘들게 침을 삼킨 후 말을 이었다.

나는 오직 도트와 다큐 바파르를 안고 방으로 들어왔다. 품에 안긴 도트와 바파르가 빠져나가려고 발버둥을 쳤다. 도트의 초록빛 몸이 스스륵, 손아귀를 벗어나는가 싶더니 방바닥으로 떨어졌다. 녀석이 몸을 좌우로 틀며 맹렬하게 뒷걸음질 쳤다. 발톱이 바닥에 닿으며 아주 작게 타다닥 소리를 냈다.

“넌 언제쯤 제대로 된 이구아나로 진화를 할 거냐? 뒤로 걷고, 도토리만 먹는 게 정상이냐?”

나는 도트를 잡아 머리통을 살짝 때렸다. 그러자 더 심하게 몸을 뒤틀었다.

“그게 녀석이 택한 방식일 수도 있어.”

“응?”

나는 아내 쪽으로 고개를 돌렸다.

"꼭 변해야 하는 건 아니니까. 그냥 그 모습 그대로 살아가면 되지 않을까?"

나는 도트를 내려다보았다. 녀석은 발톱으로 내 팔을 움켜쥐고 있었다. 다른 팔에 안겨 있던 바파르가 하품을 하며 도트에게 얼굴을 비볐다. 나는 아내에게 도트와 바파르를 건넸다. 두 녀석을 가슴에 안은 아내가 나를 바라보며 천천히 고개를 끄덕였다.

나는 아내와 도트와 바파르를 뒤로하고 마루로 나와 구두를 신었다. 손끝이 바르르 떨렸다. 어쩌면 온몸이 떨리는 것 같기도 했다.

이상하게 걸음을 옮길 때마다 시멘트 바닥에 닿은 신발에서 톡, 톡, 톡, 소리가 났다. 나 자신도 모르게 리듬에 맞춰 걸음을 떼었다.

한 번 와봤던 곳인데도 이발관이 있던 동네로 가는 길은 미로처럼 구불구불하고 아득했다. 얼마간 시간이 흐른 후에야 나는 같은 곳을 반복해서 돌고 있다는 것을 깨달았다. 잠시 멈춰 심호흡을 한 후 기억을 짚어나가듯 천천히 차를 움직였다.

생수를 샀던 슈퍼마켓이 보였다. 차를 세워놓고 슈퍼 앞으로 다가갔다. 문은 단단히 잠겨 있었고 문고리에 걸린 자물쇠는 녹이 슬어 누런빛을 띠었다. 한참을 기다려도 지나가는 사람은 보이지 않았다.

슈퍼 앞에 자동차를 두고 이발관을 향해 걷기 시작했다. 기억 속의 풍경이 하나 둘 눈앞으로 다가왔다. 낮은 건물들, 벽면에 그려진 푸른 잎이 달린 나무와 함지박만 한 꽃들은 여전했다.

이발관에 다다라 출입문을 열어보았지만 꿈쩍도 하지 않았다. 나는 마름모 모양으로 손차양을 만들어 유리창을 들여다보았다. 이발관 안은 이미 폐허가 되어 있었다. 바닥에 뒹구는 물건들 사이로 전기 포트와 그릇들, 낡은 이발 의자 같은 것들이 섞여 있었다. 벽에 붙은 화석 그림, 아칸소스테가. 녀석을 두고 노인은 어디로 사라진 것일까.

나는 돌멩이로 유리창을 깬 후, 안으로 들어가 축음기를 찾았다. 관이 부러진 축음기는 예전에 보았던 모습이 아니었다. 관을 대충 이어 붙여 손잡이를 돌려보았지만 소리는 나오지 않았다. 손을 털며 바닥에서 일어서는데, 물고기 같기도 하고 도마뱀 같기도 한 생물이 그림 속에서 나를 내려다보고 있었다. 축축하게 젖은 눈이 먼 곳을 향해 있는 그것의 몸을 쓸어내렸다. 손바닥에 작은 온기가 느껴졌다.

나는 화석 그림을 떼어내 출입문을 향해 걸어갔다. 발밑에서 물건들이 바스러지는 소리가 났다. 집에서 너무 늦게 나온 탓인지 밖은 벌써 어둠이 깔려 있었다.

검은 하늘에 돋아난 달이 푸르스름한 빛을 냈다.

'기조 씨, 기조 씨, 미안해.'

아내 목소리가 푸른 달빛을 타고 허공으로 흩어졌다. 나는 소스라치게 놀라 주위를 두리번거렸다. 어둠이 내린 길 위에는 오직 푸른 달과 아칸소스테가 그림과 내가 있을 뿐이었다. 부드러운 바람이 코끝을 스치고 지나갔다.

아내는 지금 무얼 하고 있을까. 스르르, 가슴을 움켜쥐고 옆으로 고꾸라지는 아내 모습이 머릿속을 헤집었다. 아내는 죽었다. 아니다. 아내는 죽었다. 아니다. 아내는 탭댄스를 추고 있을 것이다. 지금 아내는 어떤 모습으로 춤을 추고 있는 것일까. 나는 그림을 바닥에 내려놓았다. 아내의 춤을 떠올렸다. 그리고 바닥에 발을 굴렀다. 투닥 틱, 투닥 틱, 톡, 톡, 톡, 내 발바닥에서 경쾌한 소리가 울렸다.

그때였다. 바닥에 내려놓은 그림 속에서 입체 그림처럼 아칸소스테가의 몸뚱이가 쑤욱, 일어섰다. 녀석은 나를 바라보며 새까만 눈을 굴렸다. 기역 자로 꺾인 사지가 그림에서 떨어질 때마다 쩍, 하는 소리가 났다. 목을 이리저리 움직이던 아칸소스테가는 바닥에 닿은 여덟 개의 손가락으로 타다닥 소리를 냈다. 지구상의 모든 포유류의 선조였다는 그가 좌우로 몸을 틀며 걷기 시작했다.

그리 빠른 걸음도 느린 걸음도 아닌, 자신만의 적당한 보폭으로 걷는 녀석을 따라 나도 몸을 움직였다. 이렇게 끝이 어디인지를 알 수 없는 길은 계속될 것이다. 아내가 변함없는 모습으로 자신을 받아들여 덤덤하게 살아가는 방식을 택한 것처럼, 도트와 바파르도 퇴행적 진화라는 또 다른 진화 방식으로 살아가고 있는지도 몰랐다.

나는 나를 감싸고 있는 것들과 해와 달과 함께 기울어가는 시간을 바라보며 멈추지 않고 걸어갈 것이다. 푸른 달빛 아래서 투닥 틱, 투닥 틱, 톡, 톡, 톡, 아내가 가르쳐준 대로 스텝을 밟았다.

'꼭 변해야 하는 건 아니니까. 자, 백 브러시, 힐, 토, 스탬프, 셔플.'

아내의 목소리가 귓가에서 부드러운 바람으로 살랑거렸다.

나의 글루미 선데이

방울 소리가 들렸다. 먼 곳에서 나는 작고 맑은 소리였다. 뒤를 돌아보았다. 한적한 거리를 메우고 있는 것은 플라타너스 나무와 흔들리는 잎사귀뿐이었다. 여름 바람에 잠시 허공으로 흩날리던 머리카락이 부드럽게 내려앉았다.

일요일 오후였다.

몇 걸음을 떼지 않아 다시 방울 소리가 들렸다. 이번엔 좀더 가까운 소리였다.

소리는 어떤 신호탄처럼 느껴졌다. 나는 천천히 고개를 돌렸다. 인도 한가운데 강아지 한 마리가 앉아 있었다. 황금색 털의 코커스패니얼이었다. 양쪽 귀에 푸른 리본을 매달았고 잘 정돈된 털에서는 윤기가 흘렀다. 목덜미에 프릴이 잔뜩 달린 파란색 땡땡이 옷을 입고 있어 언뜻 피에로처럼 보였다. 하지만 주인의 정성스러운 손 길이 한눈에 느껴지는 매무새였다.

내가 걸음을 옮기자 강아지가 자리에서 일어나 움직이기 시작 했다. 방울 소리가 발걸음을 따라오며 아주 가깝게 들렸다. 나는 그 자리에 멈춰 섰다. 그와 동시에 강아지도 멈춰 섰다. 내가 걸으 면 녀석도 걸었고, 내가 멈추면 녀석도 멈추었다. 팔짱을 끼고 강 아지를 노려보았다. 강아지와 나 사이의 보이지 않는 끈이 팽팽하 게 당겨졌다.

갑자기 강아지가 바닥에 드러눕더니 신음 소리를 내며 코를 벌 름거렸다. 입가에는 하얀 거품이 조금 묻어 있었다. 내가 다가가 자 녀석은 혀를 길게 빼물고 가쁜 숨을 내쉬었다. 광견병 같은 게 아닐까 하는 생각이 잠깐 들었지만 곧 사라져버렸다. 강아지의 눈 은 어둠이 내린 숲 같았고, 나를 향해 많은 것들을 말하고 묻는 듯 했다.

목걸이에 방울은 달려 있는데 인식표가 없다는 게 이상했다. 손 을 뻗어 누워 있는 강아지를 쓰다듬었다. 포근한 온기, 추억을 불 러일으키는 기억 속의 온기가 손바닥에 전해졌다. 해피, 분 오른 감자처럼 하얀 털이 뭉실뭉실한 개였다. 털 사이로 손을 넣으면 팔 목까지 쑥 묻혔다. 어느 날 다섯 마리의 새끼를 낳았는데, 유독 한 마리만 색이 검었다. 어른들은 검은 새끼를 한참 동안 들여다보다 '넌 누구냐?'라고 묻곤 했다.

206

그 검은 새끼에게 내가 지어준 이름은 캡틴이었다. 생존의 법칙, 뭐 그런 이유로 어미는 강한 새끼들만 돌본다는 이야기를 듣고서였다. 캡틴은 다른 새끼들에 비해 몸집이 작았고 힘도 없어 젖을 제대로 빨지 못했다.

해피는 어른들의 예상과 달리 캡틴을 정성스럽게 돌봤다. 다른 강아지들을 주둥이로 물러내고 캡틴만 끌어당겨 젖을 먹였다. 잠을 잘 때도 캡틴을 먼저 품에 안았다. 나는 해피가 몹시 마음에 들었다. 그리고 그런 게 진짜 숭고함이라고 믿었다.

"넌 꿈이 뭐냐?"

사람들은 가끔 지나가는 말처럼 물었다. 새싹처럼 자라나는 아이에게 어른으로서 당연히 물어봐주어야 할 질문을 던지는 표정이었다.

"강아지요."

"강아지? 멍멍, 강아지?"

"네. 해피 같은."

"왜?"

나는 이리저리 몸을 꼬며 뜸을 들였다. 내 대답이 더 멋져 보일 것이라는 생각에서였다. 수줍어하는 것이라 여겼는지 어른들은 곧잘 부드러운 미소를 지어 보였다. 그리고는 바로 자리를 뜨거나 다른 곳으로 관심을 돌렸다. 어른들이 왜 한 번만 물어보는지 화가 났지만, 바짓가랑이를 붙잡고 늘어질 정도로 용감하지는 못했기에 끝내 내 멋진 대답을 들려주진 못했다. 해피가 얼마나 숭고하고 존경스러운 강아지인가를.

손에 잡힌 털이 움찔, 움직였다. 바닥에서 일어난 황금색 몸뚱이가 슬며시 품으로 파고들었다. 내 안의 깊은 수면이 흔들리며 목울대가 뜨거워졌다. 나는 황금색 코커스패니얼을 안고 자리에서 일어섰다. 분명 주인이 애타게 찾고 있을 것이다. 어떻게든 따뜻한 주인 품으로 녀석을 돌려보내주고 싶었다.

주머니 안에서 휴대폰이 울렸다. 기준이었다.

"아직 연락 없냐? 실은 난 금요일에 연락받았거든. 네가 아무런 말도 안 하니까 혹시나 싶어서 말이야."

머리카락이 쭈뼛하게 일어섰다. 기준은 나와 같은 중소기업에 입사 원서를 넣었더랬다. 연락드리겠습니다, 하더니 결국 기준이 붙고 내가 떨어진 모양이었다. 이로써 나는 서른다섯번째 고배를 마셨다. 기준은 술 한잔 사겠다며 말끝을 흐렸다. 나는 호기롭게 웃었다. 내 웃음소리가 메아리처럼 길게 꼬리를 늘이며 사방을 떠다녔다.

"도무지 네가 어떤 사람인지 모르겠다. 죽어도 모르겠다."

내가 삼십 분 전에 그녀에게 한 말이었다. 그리고 우리는 이별을 했다. 그녀와 헤어져 돌아오는 길에 엄마가 전화를 걸어와 이제 용돈 같은 건 스스로 해결하라고 통보했다. 연이어 함께 면접을 보았던 기준의 합격 소식을 들었다. 나는 휴대폰을 주머니에 넣으며 뜨거운 숨을 내쉬었다. 코커스패니얼이 돌덩이처럼 무거워졌다. 강아지가 얼굴을 내 가슴에 비벼대며 끙끙 앓는 소리를 냈다. 안도감이 어린 눈빛이었다. 녀석이 움직일 때마다 목걸이에서 청명한 방울 소리가 났다.

"임시겠지만, 네 이름은……."

나는 어떤 이야기를 할 때마다 뜸을 들이는 버릇이 있었다. 버릇은 좀처럼 고쳐지질 않았다. 강아지는 내 말을 알아듣는 듯한 눈으로 빤히 쳐다보았다. 우연한 만남이었고, 뭐라 설명할 수는 없었지만 녀석은 내게 어떤 특별한 인연처럼 여겨졌다.

"글루미 선데이다. 오늘 같은 우울한 일요일에 만났으니까."

감상적이긴 해도 이런 인연에 어울리는 멋진 이름 같았다. 플라타너스 나뭇잎을 흔들던 바람이 멈추었다. 내리쬐는 햇볕이 뜨거워 정수리가 간질간질했다. 일요일 오후였다.

글루미 선데이는 원룸에 들어서자마자 오줌을 누었다. 계속 끙끙거리는 소리를 내기에 낯선 곳에 대한 두려움 때문인가 했지만 그게 아니었다. 녀석은 욕실을 찾고 있었다. 문을 열어주자 욕실 바닥에 서서 많은 양의 오줌을, 아주 천천히 눈 후 몸을 부르르 떨었다.

나는 컴퓨터 앞에 앉아 전단을 만들었다. 소파에 누워 있던 선데이는 카메라를 들이대자 고개를 척 하니 들고 먼 곳을 응시했다.

셔터를 누를 때마다, 한쪽 발을 다른 쪽 발 위에 올려 자세를 바꾸기도 했다. 사람처럼 포즈를 취하는 녀석을 보자 저절로 입이 벌어졌다.

"뭐야, 저 개새끼는?"

퇴근한 형이 집 안으로 들어서며 말했다.

"글루미 선데이."

"뭐 선데이?"

"저 녀석 이름이야."

"또 무슨 짓을 하려는 거냐?"

형이 셔츠의 단추를 풀며 고개를 저었다. 나는 모니터의 사진들 중 마음에 드는 한 장을 골라 전단 파일에 넣었다. 고개를 들어 허공을 응시하는 사진이었다. 화면을 들여다볼수록 혈통 좋은 가문의 위엄을 고스란히 물려받았다는 확신이 들었다. 족보나 보증서를 가진 개. 주인은 어쩌다 저런 멋진 녀석을 잃어버린 것일까.

형이 좌식 테이블 위의 어항에 사료 알갱이들을 넣었다. 금붕어들이 사료를 향해 입을 뻐끔거렸다. 형은 금붕어가 먹이를 다 먹을 때까지 어항을 들여다보았다.

나는 목줄 하나를 사 선데이에게 채웠다. 새벽에 일어나본 적 없는 내가 조깅을 하겠다고 하자, 형이 이불을 뒤집어쓰며 혀를 끌끌찼다. 선데이는 현관에 버티고 서서 나를 쳐다보았다. 푹 자서 말갛고 개운해진 눈빛이었다. 지난밤 녀석은 심하게 이를 갈고 코를 골았다. 형은 간간이 깨어나 저놈의 개새끼, 라고 소리를 질렀다. 당장 내다 버리라며 내게 발길질을 해대기도 했다. 나는 형을 피해 바닥에 누운 채로 꾸물꾸물 선데이에게 다가갔다. 집을 나와 거리를 헤매고 다니느라 몹시 피곤했던 모양이었다. 콧구멍을 벌름거리며 코를 고는 녀석이 안쓰럽기만 했다.

선데이가 달리는 모습은 제법 봐줄 만했다. 바람을 가를 때마다 황금색 털이 부드럽게 흩날렸다. 녀석의 목줄을 잡고 달리는 사람이 나라는 게 기분 좋았다. 오렌지빛 조명의 제과점 주인이 밖으로 나와 앞치마를 툭툭 털었다. 새벽 공기에서 갓 구운 바게트 냄새가 났다.

나는 전봇대에 전단을 붙이며 혹시 다른 게 붙어 있나 살폈다. 디지털이 넘쳐나는 속도의 시대라지만 동네에서 강아지를 찾기엔 전단이 제격일 것이다. 외국처럼 몸에 이식된 마이크로 칩으로 위치 추적을 할 수 있는 것도 아니었다. 과외나 부업을 알선하는 것 외엔 녀석을 찾는 건 없었다. 하루밖에 지나지 않았으니 그럴 수도 있었다. 얼굴은 모르지만 주인의 애타는 모습이 눈에 선했다. 자식처럼 의지하며 마음을 실었을 테고, 그 상실감은 이루 말할 수 없을 거였다.

선데이 덕분에 아침 운동을 해서 밥이 달기만 했다.

"이 상황에 밥이 넘어가냐?"

한 공기 밥을 순식간에 비우는 나를 보며 형이 말했다. 형의 눈알이 빨갰다. 나는 못 들은 척 일어나 된장국에 밥을 말아 선데이에게 주었다. 녀석은 고개를 외로 틀고 그릇을 외면했다. 그러고 보니 어제도 계란 프라이 두 개만 먹고 말았던 것 같다. 나는 수저로 밥을 저으며 후후 불었다. 된장국 냄새가 구수했다. 코앞으로 밀어주었지만 녀석은 고개를 이리저리 틀 뿐 입에 대려 하지 않았다.

"보니까 그 개새끼는 비싼 것만 먹을 거 같다. 햄이나 소시지라든지 고기, 뭐, 그딴 거."

형이 어제 벗어놓은 셔츠를 서너 번 털어 입으며 말했다.

"이름 불러, 이름. 선데이, 글루미 선데이라니까."

"웃기고 있네. 백수 주제에 감상에 빠져서는. 인마, 그러니까 네가 사는 게 그 모양인 거야. 오늘 안으로 저 개새끼 어떻게든 처리해라. 안 그러면……."

나는 형의 말을 막으며 출근이나 하라는 뜻으로 빠르게 손을 털었다.

형이 나가고 나서 참치 캔 하나를 꺼내 뚜껑을 땄다. 접시에 덜어내 선데이 앞으로 내밀었다. 녀석이 큼큼, 냄새를 맡았다. 혀를 내밀어 참치 살을 깔짝대더니 코를 박고 먹기 시작했다. 보통의 강아지라면 접시라도 삼킬 듯이 핥아댔겠지만 그러지 않았다. 이 정도 남기는 것이 예의라는 것처럼 꼭 한 숟가락을 남겼다.

바닥에 반으로 접은 이불을 깔아주자 선데이가 사뿐 올라앉았다. 시간이 꽤 지났지만 녀석은 여전히 고개를 빳빳하게 들고 있었다. 앞발을 서로 포갠 채로. 볼수록 귀족다운 풍모였다.

그녀가 만나자는 전화를 했다. 그녀는 장소를 말하더니 내 대답은 듣지도 않고 전화를 끊었다. 전화 속 그녀는, 내가 알던 예전의 그녀가 아니었다. 사실 처음부터 헤어졌다고 말하기에는 어정쩡한 관계였다. 그녀는 같은 과에서 만나 늘 붙어 다니며 수업을 들었던 친구였다. 술에 취한 그녀가 내 앞에서 엉덩이를 까고 오줌을 누었던 적도 있었다. 그녀를 여자라고 여기게 된 건 얼마 전의 일이었다. 나는 그녀가 ‘인마’나 ‘새끼’로 부르는 친구보다는 여자가 되어주길 바랐다.

그녀는 그런 여자였다. 이미 봐서 결말을 알고 있는 영화라도 나를 위해 다시 보며, ‘쟤 곧 죽는다’라고 말하지 않았다. 사회나 과학에 관련된 문제를 내며 ‘이 정도는 상식, 맞춰봐’ 하지도 않았다. 내가 알 수 없는 곤란한 질문을 하며 어서 대답하라 재촉하는 법도 없었다. 음악 지식이 해박했지만 카페에서 흘러나오는 클래식을 들으며 ‘이 음악 알지?’라고 묻지도 않았다. 내가 사람들 앞에서 영어를 잘못 발음해도 그것을 지적하며 교정하는 일도 없었다. 퀴즈 프로그램을 볼 때 오답을 말해도 ‘그것도 모르냐’라고 무안을 주지도 않았다. 같이 장을 보며 느릿느릿 서툰 손놀림으로 휴대폰 계산기 버튼을 일일이 눌러 가격 비교를 하지도 않았다. 박물관에 가서 자신이 알더라도 '이건 몇 세기에 만들어졌고……'라며 장황한 지식을 늘어놓지도 않았다. 나와 정치 성향이 달라도 얼굴에 핏대를 세우며 달려들지 않았다. 한 번도 값비싼 핸드백이나 화장품을 사달라고 조른 적도 없었다. 내가 술 먹고 옷에 토사물을 바르고, 팬티에 오줌을 누어도 놀리는 일도 없었다. 그녀는 언제 어디서든 만나자는 전화를 하면 단 한 번도 망설이지 않고, 그리고 단 한 번도 어깃장을 놓지 않고 곧장 달려와주었다.

그녀는 그런 여자였다. 몇 시간씩 내 불편한 속내를 쏟아내도 끝없이 받아주며 다독거렸고, 내가 원하는 게 있으면 나보다 먼저 일어나 가져다주었다. 마음을 들여다보는 것처럼 나보다 더 나를 잘 아는 그런 여자였다. 무려 칠 년 동안 변함없이 내 곁에 있었던, 어떨 땐 형보다 가깝게 느껴지는 그런 여자였다.

"그런 여자였다, 너는."

내 말에 그녀가 죄인처럼 고개를 숙였다.

"그게 남자로서 좋아하는 마음 때문에 그런 게 아니라고?"

커피숍 안에 흐르는 음악이 귓가에서 자글거렸다.

그래. 끄덕끄덕. 그녀가 삼십 분 동안 한 말이라곤 그게 전부였다.

"그 짧은 머리에 구두하고 양복은 뭐냐? 촌스럽게."

내가 물었다. 칠 년 동안 한 번도 보지 못했던 차림새였다.

"난 남자야."

그녀가 말했다. 음악이 머릿속에서 커졌다.

"지금 뭐라 그러는 거냐?"

"여자로 태어났지만 난 남자라고. 속이, 이 안이. 처음부터 남자였다고."

그녀는 양복 재킷을 벌려 가슴에 손을 얹었다.

"하, 웃기셔."

나는 커피 잔을 들어 한 모금을 마셨다. 손끝이 떨렸다. 어쩌면 온몸이 떨리는 것 같기도 했다.

"네가 남자라고?"

나는 그녀 아랫도리를 건너다봤다. 그녀는 움찔 사타구니 사이로 손을 가져갔다. 나는 생각했다. 아, 속만 남자라고 했었지. 우리는 한동안 말없이 담배만 피워댔고 커피를 두어 번 리필해서 홀짝거렸다. 그러는 동안 지난날의 모든 것들이 머릿속을 스쳐 지나갔다. 아무리 생각해도 눈앞의 그녀는 내가 알지 못하는 모습이었다.

글루미 선데이를 데려왔던 지난 일요일이었다. 나는 그녀에게 좋아하는 것 같다고 고백했다. 그리고 우리 정식으로 만나보지 않겠느냐고 물었다. 네 마음은 이미 다 알고 있노라고, 내게 너처럼 편한 여자는 평생 없을 거라 말했다. 그동안 서로 확신이 없었던 게 아니겠느냐고 느물거리기도 했다. 하얗게 질린 얼굴로 그녀가 말했다. 오해하게 했다면 미안하다. 너에게 나는 그저 둘도 없는 불알친구다. 그녀 입에서 불알이라는 말이 나오자 피식, 웃음이 나왔다. 나는 바보처럼 큭큭 웃었다. 그리고 오늘 했던 것처럼 똑같은 말을, 함께한 우리의 일들을 읊었더랬다. 그날도 그녀는 '그래. 끄덕끄덕'이 전부였다.

"도무지 네가 어떤 사람인지 모르겠다. 죽어도 모르겠다."

나는 또 그때처럼 똑같은 말을 했다. 그녀는 태엽을 감아놓은 일본 인형처럼 계속 고개를 끄덕였다.

"남자로 살아갈 용기가 없을 뿐이야. 모두 다 내가 여자로 살아가길 원하니까. 가끔 아무도 몰래 남자가 되는 것만으로 만족해. 그렇다고 죽을 순 없잖아. 이건 내가 가진 또 다른 모습일 뿐이야. 네게도 너 자신이 알지 못하는 모습들이 분명 있겠지. 자기를 가장 모르는 게 사람이니까. 알면서도 인정하고 싶지 않을 수도 있고, 미처 깨닫지 못하는 것일 수도 있어. 그러니까 사람이지. 변명처럼 들리겠지만 말이야. 너만 괜찮다면 예전처럼 지냈으면 좋겠다. 사랑보다 중요한 게 얼마나 많으니."

그녀가 입술을 깨물었다. 복숭앗빛 입술이었다.

"너무 멀리 왔다. 진작 말해주었으면 좋았잖아."

그녀가 보여주는 다른 모습을 받아들일 수 없었다. 그러고 싶지도 않았지만, 그러기에는 이미 늦어버렸다. 무턱대고 내가 좋아한다고 해서 예전처럼 그녀가 다시 여자가 되는 건 아니었다. 돌이킬 수 없는 일이란 것도 있으니까.

커피숍에서 나온 우리는 두번째 이별을 했다.

닷새가 지났지만 선데이의 주인에게서 전화는 걸려오지 않았다. 이럴 리가 없는데. 나는 휴대폰을 만지작거리며 생각했다. 더군다나 선데이는 참치 캔을 다시 먹지 않았다. 햄을 사다 프라이팬에 구워주자 또 한 점을 남겼다. 그 모습을 본 형은 저 개새끼가 자기보다 더 잘 먹는다며 선데이에게 숟가락을 던졌다. 나는 보았다. 선데이가 반대편으로 고개를 기울여 숟가락을 피하는 걸. 무서운 녀석이었다. 먹는 거나 하는 행동으로 보면 정말 극진한 보살핌을 받은 게 분명했다. 예사로운 강아지가 아닌 것도 분명했다. 나는 전단을 첫날보다 삼십 장 더 늘렸다.

아침에 일어나는 시간이 조금씩 늦춰졌다. 선데이는 계속 이를 갈았고 코를 골았다. 여전히 형은 잠결에 소리를 질렀고 내게 발길질을 해댔다.

나는 점점 울고 싶어졌다.

서른다섯번째 입사 시험에서 떨어졌고, 같은 처지를 위로하며 술잔을 기울이던 친구는 그 회사에 합격했다. 칠 년 동안 곁에 있었던 그녀와 이별을 했고, 내가 짝사랑 비슷한 걸 했다는 것을 알게 되었다. 더군다나 자기는 남자였다고 말하는 여자를. 시골의 부모님은 대학을 졸업하고도 취직 못 하는 아들 용돈을 더 이상 송금하지 않겠다고 말했다. 길에서 주워온 황금색 강아지는 입이 고급이라 안 그래도 얄팍한 주머니를 다 털릴 지경이었다. 전단을 계속 붙였지만 귀족 강아지 주인의 전화는 오지 않았다. 안 하던 조깅을 하느라 무릎이 아파오기 시작했다. 자려고 누우면 앓는 소리가 저절로 나왔다. 모든 일이 시작된 것은 지난 일요일이었다.

여러 가지 생각으로 머릿속이 부글거렸다. 길을 걸어가다 선데이의 목줄을 확 잡아챘다. 녀석이 켁, 하고 마른기침을 했다. 눈물이 그렁해진 선데이가 나를 올려다보았다. 정말 눈물인지는 모를 일이었다. 나는 옆구리에 낀 전단을 꽉 움켜쥐고 목줄을 느슨하게 풀었다.

전봇대에 붙은 전단의 고딕체 문장 하나가 도드라졌다. 강아지를 찾습니다. 자세히 보니 코커스패니얼이 아니라 하얀 몰티즈를 찾는 것이었다.

사례금 백만 원.

눈앞이 환했다. 하늘에서 길게 이어져 내리는 한 줄기 빛 같았다. 나는 웃음을 머금고 선데이를 내려다보았다. 녀석이 말간 눈으로 나를 쳐다보았다. 우리의 눈빛이 마주치는 중심에 심상치 않은 기류가 떠돌았다. 바람이 둘 사이를 가르며 지나가는 게 느껴졌다. 먼저 고개를 돌린 것은 녀석이었다. 몸을 획 돌려 외면했다고 하는 것이 맞았다. 하마터면 나는 선데이를 백만 원이라 부를 뻔했다. 선데이가 내게서 멀어지려 할수록 손안의 목줄이 팽팽하게 당겨졌다.

베이컨을 사와 굽기 시작했다. 최고급 간식이라는 소고기 육포도 적당한 크기로 잘라 접시에 담았다. 프라이팬에서 베이컨이 노룻해지며 소나기 쏟아지는 소리를 냈다. 선데이를 돌아보았다. 녀석은 창문 밖을 바라보고 있었다. 먼 곳을 응시하는 눈동자가 더없이 쓸쓸했다. 젓가락으로 베이컨을 뒤집었다. 기왕 이렇게 된 거 좋은 일도 하고 돈도 버는 거라 마음먹기로 했다.

선데이는 천천히 우아하게 식사를 했다. 나는 선데이가 남긴 한 조각의 베이컨과 육포를 먹었다. 그리고 뜨거운 물을 받아 선데이를 목욕시켰다. 개들은 대부분 물을 무서워한다는데 녀석은 달랐다. 온탕에 들어간 늙은이처럼 느긋하게 누워 목욕을 즐겼다. 거품을 내서 겨드랑이를 문지르자 녀석이 한쪽 발을 들었다. 다른 쪽 발도 마찬가지였다. 목, 그러면 목을 길게 뺐고 뒷다리, 하면 뒷다리 한쪽을 들었다. 이번엔 등이다. 내 말에 선데이가 자세를 바꿔 엎드렸다.

신기한 마음에 형을 불렀다. 형은 서너 번 큰 소리로 부른 다음에야 마지못해 욕실 문 앞에 섰다. 나는 좀 전에 그랬던 것처럼 자신 있는 목소리로 말했다. 자, 선데이, 다리. 녀석은 엎드려서 꿈쩍도 하지 않았다. 내가 억지로 이리저리 몸을 굴리자 선데이의 몸통이 욕실 바닥에 기우뚱하니 나동그라졌다. 잔뜩 귀찮은 얼굴이었다.

"쇼를 해라."

"아, 정말 그랬다니까."

"그럼, 그럴 수 있지. 네가 무슨 정신력으로 지금 상황을 버티겠

냐. 그렇게라도 돌아버려야 마음이 편할 거다."

형이 티셔츠 속으로 손을 넣어 배를 벅벅 긁으며 말했다.

꿈을 꾸었다. 시골집의 풍경이었다. 부모님은 보이지 않고 배꽃이 흩날리는 과수원만 있었다. 사방이 배꽃 냄새로 아득했다. 하얀 꽃잎이 바람을 탈 때마다 이상하게 마음이 아려왔다. 누군가의 손, 확실하진 않았지만 내 손이라고 생각했다. 살이 오른 조그만 손이었다. 그 손이 배나무 한 그루를 가리켰다.

나무에 다다르자 황금색 털의 강아지가 나를 노려보고 있었다. 글루미 선데이였다. 손을 내밀었지만 녀석은 으르렁거리기만 했다. 선데이가 내 손을 덥석 물었다. 그리고 씨익, 웃었다. 웃는 얼굴이 점점 변하는가 싶더니 그녀 얼굴이 되었다. 그녀의 갸름한 턱에 덥수룩한 수염이 돋아났다. 그 수염 사이에 내 손이 물려 있었다. 나를 쳐다보는 그녀의 두 눈이 빨갰다. 정말 새빨간 눈이었다. 자지러지듯 비명을 지르며 눈을 떴다. 위에서 새빨간 눈이 나를 내려다보고 있었다. 나는 꿈속에서처럼 비명을 질렀다. 내 비명에 놀랐는지 형이 더 큰 소리를 질렀다.

"왜 그래? 괜찮냐?"

비명을 멈춘 형이 물었다. 몸을 일으키고 싶었지만 꼼짝도 할 수 없었다. 눈알이 빨개진 형이 손으로 내 이마를 짚었다. 표정이 짐짓 심각했다.

"그런 말이 있다. 사람이 사람의 마음을 얻는 게 가장 힘든 일이다. 내가 좋아하는 사람이 동시에 나를 좋아하는 것은…… 하나의 기적 같은 일이야. 흔하지 않으니까 기적이라고 하는 거야. 원한다고 다 이뤄지면, 굳이 기적이라고 말하지 않겠지."

그리고 자리에 눕더니 일 분도 되지 않아 코를 골았다.

"형."

나는 형을 불렀다. 목이 메었다.

"제발 잠 좀 자자. 요즘 회사에서 내 별명이 레이저맨이다. 눈이 시뻘겋다고."

형이 머리까지 이불을 뒤집어썼다. 이어 다시 코를 골았다.

나는 선데이를 바라보았다. 깨어 있을 때는 그렇게 꼿꼿하다가 잠만 들면 망가지는 녀석이었다. 그나저나 주인은 왜 연락을 하지 않는 것일까. 고개를 돌려 천장을 쳐다보았다. 격자무늬가 어지러워 눈을 감았다. 스탠드 불빛의 잔상이 수많은 섬광으로 쏟아져 내렸다.

나는 아무도 몰래 배나무 밑에 해피를 묻었더랬다. 시간이 흘렀고 내가 너무 자라버렸기에 잊었던 일이었다. 언제가 시작이었는지 정확하게는 알 수 없다. 어느 날부턴가 나는 캡틴을 품에 안고 자기 시작했다. 어미인 해피는 밤마다 늑대처럼 긴 울음을 토해냈다. 캡틴의 분홍색 코가, 말랑말랑한 발바닥이, 새까만 눈이 나를 잠 못 들게 했다. 품 안에서 꼬물거리는 감촉을 느껴야 잠을 잘 수 있었다. 수량 조절을 위해 하루 종일 배꽃을 땄던 엄마는 막내인 나를 돌아볼 새가 없었다. 일꾼은 많았고 끼니를 챙겨주는 일만으로 녹초가 되었다.

내가 원하는 것은 해피가 아니라 검둥이 캡틴이었다. 그날 밤도 나는 부모님 몰래 캡틴을 데리러 갔다. 발밑에서 마당의 자갈이 자박자박 밟히는 소리가 났다. 캡틴에게 손을 내밀었을 때였다. 턱, 해피가 내 손을 물었다. 아무리 빼내려고 해도 깊숙이 내 손을 물고서 놓아주지 않았다. 이빨이 손목을 파고들었다. 주먹으로 해피의 머리통을 내리쳤지만 더 깊숙이 파고들 뿐이었다. 내 비명 소리를 듣고 아버지가 방에서 튀어나왔다. 아버지 발길질에 녀석이 나동그라지며 입을 벌렸다. 바닥에 누워 숨을 헐떡거리던 눈에는 나를 향한 적의와 원망이 가득했다. 우리의 돈독했던 우정과 평화는 그날로 끝났다. 나와 들판을 가르던 해피는 이전의 해피가 아니었고, 나 또한 해피가 알던 이전의 내가 아니었다.

열 바늘을 꿰맸던 실밥을 풀고 돌아온 밤, 해피의 밥에 과수원에서 쓰는 제초제를 섞었다. 하얀 거품을 물고 쓰러진 해피 눈에서 눈물이 흘렀다. 그깟 새끼 하나 때문에 나를 배반했다는 원망으로 아무것도 보이지 않았다. 그것이 모정이었다는 걸 알기에는 너무 어렸다. 그날 이후 나는 해피를 마음속에서 지워버렸다. 내 안의 무엇이 나를 그렇게 만들었던 것일까. 해피를 죽게 했던 나는 정말 나였을까. 그녀는 어째서 남자가 된 것일까. 나는 왜 그녀의 모든 것들을 다 알고 있다고 생각했던 것일까. 진정, 어떤 게 그녀의 진짜 모습인 것일까. 낯선 밤이 지나가고 있었다.

금붕어가 죽었다. 좌식 탁자 위의 유리 어항이 휑했다. 발바닥이 따끔해 바닥을 내려다보았다. 머리와 몸통뼈만 남은 금붕어들이 가지런하게 놓여 있었다. 말끔하게 살이 발린 금붕어는 바닥에 박힌 고대 화석 같았다. 소파에 누워 있는 선데이를 돌아보았다. 두툼한 발로 어항의 금붕어를 낚아채는 환영이 스쳐 지나갔다. 어쩌면 목에 냅킨을 두르고 양쪽 손으로 나이프와 포크를 쥔 우아한 모습으로 식사를 즐겼을지 모른다. 녀석이라면 그러고도 남지 않을까.

선데이에게 다가가 주먹을 높이 들었다. 녀석이 움찔, 눈을 감았다.

"너는 정말…… 개도 아니다."

나는 선데이 옆에 풀썩 내려앉았다.

금붕어 뼈를 본 형은 길길이 날뛰며 소리를 질렀다. 안절부절못하고 실내를 오가던 형이 슬리퍼 한쪽을 집어 들었다.

"저 개새끼가 온 후로 되는 일이 하나도 없어. 모든 게 뒤죽박죽이야."

형은 손에 쥐고 있던 슬리퍼를 선데이에게 던졌다. 선데이가 반대편으로 고개를 기울여 슬리퍼를 피했다.

"저거 봐라. 저놈은 분명 개가 아니다."

"그만하자, 형."

"내 금붕어를 저 개새끼가 모두 먹어치웠다고. 내 금붕어를……."

형이 탁자 위의 어항을 껴안고 울기 시작했다.

"오늘, 처음 발견했던 곳에 다시 데려다 놓을 거야. 그러면 이 모든 게 끝나. 그러니까 형, 울지 마."

형이 코를 훌쩍거리며 나를 바라보았다. 나는 진심이라는 뜻으로 고개를 끄덕여 보였다. 평소 어른스럽던 형은 전혀 예상치 못했던 일에 맞닥뜨리기라도 하면 저렇게 목 놓아 우는 어린아이가 되곤 했다. 자신이 아끼던 것의 상실에 대해서는 특히 더 그랬다.

일요일이었지만 형은 출근을 해야 한다며 며칠 내내 입었던 셔츠를 툭툭 털어 다시 입었다. 나는 형을 배웅하고 나서 요리를 시작했다. 선데이가 가장 잘 먹던 소고기 안심과 베이컨을 프라이팬에 굽고 올리브오일을 뿌려 샐러드를 만들었다. 달걀 프라이 두 개와 육포도 접시에 함께 담았다. 녀석이 식사하는 모습을 지켜보며 두 개비의 담배를 피웠다. 선데이는 여전히 꼭 한 입씩 음식을 남겼고, 나는 그것들을 모두 개수대에 버렸다.

목줄을 채워 선데이를 밖으로 데리고 나왔다. 우리는 천천히 걸었다. 팽팽하게 당겨진 목줄이 손바닥을 옥죄어왔다.

슈퍼 앞을 지나칠 때였다.

"야, 해피!"

나는 고개를 번쩍 들었다. 초등학생 남자아이 하나가 슈퍼에서 나오며 선데이에게 다가왔다.

"짜식, 잘 있었어?"

"해피? 너, 이 녀석을 알아?"

남자애가 고개를 끄덕이더니 쪼그려 앉아 선데이를 쓰다듬었다.

"아유, 초롱이 아냐?"

슈퍼 주인아주머니가 빗자루를 들고 나오며 말했다.

"초롱이요?"

나는 슈퍼 주인에게 물었다.

"응, 이제까지 총각이 데리고 있었나 봐?"

"이 강아지를 아세요?"

"알다마다. 초롱이라니까."

"초롱이는 무슨. 어이, 복."

복덕방 아저씨가 자판기에서 커피를 꺼내 한 모금 마시며 말했다. 슈퍼 주인아주머니가 빗자루로 바닥을 쓸었다.

"복이요?"

나는 복덕방 아저씨를 바라보며 물었다.

"복이 들어온다고 할 때의 복 말이야. 짜식, 여전하구나?"

복덕방 아저씨가 선데이를 내려다보며 웃었다. 선데이는 고개를 틀어 그를 외면했다. 그때 길을 가던 중년 남자가 반색을 하며 다가왔다.

“샤인, 이 녀석.”

남자가 사람 좋은 웃음을 웃으며 말했다. 선데이의 외면은 여전했다. 사람들이 하나둘씩 우리 주변으로 모여들기 시작했다. 누군가는 선데이를 가리켜 황돌이라 했고, 또 다른 누군가는 보리라 했다.

“쟤, 저 건너 아파트에 사는 강아지야.”

빗자루질을 마친 슈퍼 주인이 손을 탁탁 털며 말했다. 나는 슈퍼 주인이 말한 아파트를 바라보았다. 아파트에 그려진 커다란 벽화가 햇빛을 받아 반짝였다.

“사기 치는 강아지로 아주 유명한데 몰랐어? 옆 동네까지 소문이 파다한 걸 왜 몰랐을까? 마침 저기 오네. 이 총각 집에 있었나 봐요.”

슈퍼 주인이 어딘가를 향해 큰 소리로 말했다. 그곳에는 여자 하나가 유모차를 끌며 걸어가고 있었다. 여자는 빠른 걸음으로 다가와 선데이를 번쩍 안았다.

“메리, 대체 어디 있었어? 이번에는 왜 그렇게 길었던 거야?”

여자의 말에 선데이가 꼬리를 팔랑팔랑 흔들었다. 입꼬리를 올리며 비굴한 웃음을 짓기도 했다. 웃으며 꼬리를 치는 모습을 보는 건 처음이었다. 이제까지 고개를 모로 틀고 모든 사람을 외면하던 녀석이 아니었다. 내가 아는 선데이가, 귀족처럼 우아하게 굴던 선데이가 아니었다. 여자가 내게 가벼운 목례를 했다. 나도 엉겁결에 고개를 숙였다. 여자의 말은 이러했다.

선데이는, 아니, 정확히 말해 메리였다. 메리는 십 년 전부터 기르던 강아지였다. 여자와 남편에게는 오랫동안 아이가 없었다. '아이가 없으면 어때. 우리 서로 사랑하면서 삽시다.' 남편이 낭만적인 표정으로 말했다. 하지만 아이가 없는 빈자리는 무엇으로도 채울 수 없었다. 어느 날 낭만적 남편이 코커스패니얼 새끼를 사왔다. 황금색 털은 윤기가 흘렀고 눈에는 영특한 빛이 가득했다. 낭만적 남편과 여자는 강아지 이름을 메리라고 지었고 자식처럼 여기며 살아왔다. 십 년을. 그런데 뜻밖에 아기가 생겼다. 십 년 만에. 부부의 관심은 온통 아기에게 모아졌다. 부부는 메리 대신 아기를 껴안고 잤다. 아기와 같이 밥을 먹었으며, 외출도 아기와 함께했다. 메리는 우울증을 앓는 강아지가 되었다. 그저 흐릿한 눈으로 먼 곳을 응시하며 한숨만 내쉬었다. 부부의 눈에 아기는 날마다 변신을 하는 마법사처럼 보였다. 웃음이 떠날 날이 없는 가족에게 메리는 평범한 강아지일 뿐이었다.

"메리를 사랑하는 마음이 식은 건 아니었어요. 눈 돌릴 새 없이 아기를 돌봐야 했을 뿐이죠."

여자가 말했다. 그러던 어느 날 메리가 사라졌다. 부부는 울며불며 전단을 붙이고 전화기를 옆에 놓고 잠이 들었다.

"사람들은 전단을 잘 보지 않아요."

여자는 사뭇 진지한 표정이었다. 주위에 모여 있던 사람들이 고개를 끄덕였다. 나는 아주 세게, 있는 힘껏 고개를 끄덕였다.

삼 일 만에 메리는 돌아왔다. 그리고 다시 사라졌다. 그런 일이 지난 일 년 동안 여러 번 반복되었다. 낭만적 남편과 여자는 메리가 사라지면 곧 들어오겠거니 여기게 되었다. 메리는 꼭 돌아왔으니까. 메리가 누구네 집에 있다는 소식을 듣는 경우에는 부부가 직접 가서 데려오기도 했다. 황금색 털은 윤기가 흘렀고 영특한 눈빛도 여전했다.

"그런데 이번엔 너무 오래 안 들어오니까 걱정을 하고 있던 참이었죠. 돌봐주셔서 정말 고맙습니다. 사례비라도 드려야 할 텐데……."

"사례비는 무슨. 아, 데리고 있으면서 한편으론 즐겁기도 했겠지. 나도 그랬는걸. 안 그래, 총각?"

여자의 말에 슈퍼 주인이 정색을 하고 나섰다. 사람들이 일제히 나를 보았다. 나는 멋쩍은 웃음으로 대답을 대신했다. 즐거움이라. 사람들이 저마다 자신은 어땠다는 둥 시끄럽게 떠들기 시작했다. 인간에게 아픈 척 동정심을 사 며칠 동안 극진한 사랑을 차지하다, 그 사랑이 식을 때쯤 사라진다는 게 공통된 이야기였다.

여자가 다시 내게 목례를 해보였다. 그러고도 가지 않고 쭈뼛거렸다. 나는 여자의 품에 안긴 선데이를 복잡한 마음으로 바라보았다. 선데이는 나를 끝까지 외면했다.

"저, 목줄을 놓으셔야……."

여자가 곤란한 표정으로 내게 말했다. 불에 덴 듯 얼굴이 뜨거웠다. 무엇을 붙잡겠다고 나는 그때까지 목줄을 놓아주지 않고 있었다. 천천히 손아귀의 힘을 풀었다. 목줄의 감촉이 사라진 손바닥에 한 줄기 바람이 느껴졌다. 나는 주먹을 꼭 쥐었다. 여자는 한 손으로 선데이를 안고 유모차와 함께 돌아섰다. 내게서 멀어지고 있었다. 나의 글루미 선데이가.

"글루미 선데이."

마지막으로 선데이의 이름을 불렀다. 그리고 보았다. 여자의 어깨너머로 녀석이 이빨을 드러내며 씨익, 웃는 것을. 바람이 거리의 먼지를 쓸며 지나갔다.

나는 집으로 돌아와 책상 앞에 앉아 다시 이력서를 썼다. 정확히 열 통이었다. 이력서에 붙은 사진 속의 내가 희미하게 웃고 있었다. 전화기를 들어 그녀에게, 내 오랜 친구인 그녀에게 전화를 걸었다. 어쩌면 그것은 내 안의 또 다른 내게, 그리고 지구에 각양각색의 모습으로 살고 있을 수많은 사람에게 보내는 나의 서투른 첫 인사가 아닐까 생각했다. 전화를 받은 그녀의 목소리 끝이 가볍게 떨렸다. 나는 그녀에게 이런 이야기를 할 것이다. 모든 일이 시작된 것은 지난 일요일 오후였다.

낯섦보다 낭만

백지은(문학평론가)

1. 이미 심리적인 현실

그녀는 부엌을 좋아했다. 어릴 때 부모를 여의고 조부모와 살았다. 중학교 때 할아버지가 돌아가셨고, 며칠 전 할머니가 세상을 떠나셨다. 그녀는 "나 혼자"라고 생각하지 않고 "나와 부엌이 남는다"고 생각했다. "확실하게 존재하였던 가족이란 것이, 세월을 두고 한 명 두 명 줄어들어, 지금은 나 혼자라 생각하니 눈앞에 있는 모든 것이 거짓말처럼 보였다. 이렇게 시간이 흘러, 태어나고 자란 방에 나 혼자 있다니, 놀랍다. 무슨 SF 같다." 요시모토 바나나의 『키친』 이야기다. 처음 이 얘기를 들었을 때 조금 놀라웠다. 이것은 현실을 상상 속에 가둔 이야기도 아니고 상상을 현실로 사는 이야기도 아니었다. 나와 부엌이 남은 건, 일말도 환상이 아니라 그 자체로 사실이다. 그녀의 현실은, 홀로 남은 불행한 처지가 아니라 내가 가장 좋아하는 부엌과 내가 함께 있다는 안도감이다. 그녀에게는, 가족들이 모두 떠나갔다는 그 사실이 오히려 현실이 아닌 'SF' 같은 가상이다. 무엇을 현실로 여긴다는 것의 의미를 다시 생각하게 만드는 이야기였다. 이른바 '바나나 신드롬'은, 상상을 현실로 수락하는 차원이 아니라 현실이라는 지각(知覺)의 의미, 즉 리얼리티의 개념이 쇄신되는 순간에 열린 것이었다.

그렇다면 이런 이야기는 어떤가. 스무 살의 스페인 여자가 한국인 근로자와 불꽃 튀는 사랑에 빠졌다. 한 달 후에 데리러 오겠다는 말을 남기고 남자는 제 나라로 돌아갔다. 다섯 달이 지나 여자는 볼록한 배를 안고 비행기를 탔다. 그가 적어준 주소에는 아무것도 없었다. 가방을 끌어안고 몇 시간 동안 울고 있을 때 "마마, 제발 힘을 내요. 살다 보면 별일이 콩 튀듯 하는 게 인생이란 과정이 잖아요" 하는 소리가 들려왔다. 에메랄드빛 눈동자를 가진 남자아이는 열병을 앓다 죽었다. 아이를 정원에 묻었다. "이곳에서 그녀의 일상은 변함없이 이어졌다. 남자아이는 푸른 식물과 꽃으로 자랐다. 해마다 부드럽고 말랑말랑한 햇살이 아이의 몸을 다독였다. 그의 뿌리는 땅속 깊숙이 뻗어나갔고 줄기는 푸르고 단단해졌다." 그렇게 남자아이는 자랐고 청년이 되었으며 "그가 피워낸 꽃은 작고 앙증맞은 손녀를 불꽃과 함께 밀어내었다". 그녀는 지금 '손녀와 함께' 살고 있다. 손녀에게 끊임없이 말을 쏟아놓고 반짝거리는 눈으로 대답을 기다리며, 보이지 않으면 큰 소리로 이름을 부르며 찾는다. 이런 일상은 환상적인가, 낭만적인가, 기괴한가? 이것은 비현실적인가?

채현선의 「숨은 빛」에 나오는 소피아 할머니의 이야기다. 그녀의 인생은 통째로 "단지 슬픔에 갇힌 사람들의 소망이 불러낸 환영에 불과"(「모퉁이를 돌면」)하다고 말해야 맞을지도 모른다. 보통의 사람들은 "미쳤다고 생각"하거나 '현실'을 인정하지 못해 정신적으로 퇴행해버린 증상이라고 얘기할 것이다. 기껏해야 "고통에 갇혀" 망상의 세계를 짓고 그 속에서라도 살아가려 안간힘을 쓴다며 안쓰러워한다면 그나마 다행일까. 이 책에 모인 채현선의 소설은 거의 모두 이런 인물들의 인생과 일상을 이야기한다. "자신이 보고 싶은 것을 보며 믿고 살아가는"(「모퉁이를 돌면」) 사람들의 현실, 그 마음 뭉치들 말이다.

그러나 사실, 모든 현실은 이미 심리적인 현실이다. 우리는 흔히 눈에 보이는 것, 누구에게나 알려진 힘을 현실이라 생각하지만, 보이는 것은 보고 싶다는 것이고 믿는 것은 믿고 싶다는 것과 같다. 우리는 믿고 싶은 것을 믿고 보고 싶은 것을 보면서 그것을 현실이라고 부른다. 다만 채현선의 인물들이 보고 싶은 것은 다른 사람들의 눈에는 잘 보이지 않고, 이들이 느끼는 힘은 이들에게만 능력을 발휘하는 힘이다. 이를테면 죽은 아들의 무덤에 대형 스크린을 설치하고 아들이 좋아했던 애니메이션을 날마다 트는 부부에게, 옅은 바람이 스크린 자락을 흔들어서 캐릭터의 몸이 구부러지는 현상은 예사로운 것이 아니다. 잠시 온기 섞인 바람이 불었다면 아무 일도 일어나지 않은 것이 아니라 바람의 영혼이 축제에 찾아와 리듬을 타며 춤추는 것일 테다.(「모퉁이를 돌면」) 이들이 보통의 사람들과 다른 현실 속에 있는 듯 보인다면, 우리는 그들이 믿고 싶은 것과 보고 싶은 것이 특별할 수밖에 없었던 까닭을 우선 알고 싶어진다. 무슨 사연이 있는가. 그리고 그 사연 이후의 삶은 무엇을 원하였는가. 이로부터 그들이 사는 세상, 그들의 현실이 갓 태어나듯 생겨난 것일 테니까.

다시 이렇게 말할 수 있다. 남들에게 보이지 않는 것들을 보고 들리지 않는 것들을 듣는다고, 이상할 건 없다. "다 사연이 있는 거지"(「모퉁이를 돌면」), 보고 싶은 것을 보고 듣고 싶은 것을 들으며 산다는 점에서 우리는 다 "각자 해석하기 나름"의 사연 속에 살고 있지 않은가. 앞에서 소개했던, "사무치는 사랑"을 믿고 홑몸도 아닌 채로 먼 이국땅을 찾아와 절망에 몸을 떨어야 했던 소피아 할머니의 젊은 날도 그렇고, 산에서 아이를 잃고 죽으려고 그 무덤을 찾아왔던 부부의 고통이 다 그런 곡절들이다. 그리고 또 이런 사연들이 있다.

2. 거대한 눈물나무들

자랑스러웠던 아들이 자기의 정원을 지켜주리라 믿었지만, 다
자란 아들은 부족의 울타리 너머를 동경하여 떠난다. 화가 난 아
버지는 "다시는 돌아오지 마라!" 하고 소리쳤고, 아들은 정말 영영
돌아오지 않았다. 그는 아들이 죽었다고 생각하지 않고 자기가 한
말 때문에 돌아오지 않는 거라 믿어버린다.(「마누 다락방」) 도심의
공원에서 페루 남자들의 악단이 연주하는 것을 보았을 때 그녀에
게는 한 남자의 팬플루트 소리만 들렸다. 그녀는 그를 그림으로 그
리고 싶었고 그는 그녀에게 영혼의 소리를 들려주었다. 페루에 다
녀오겠다고 떠난 남자는 잘라낸 피부 조각, 치아, 손톱 같은 것들
로 그녀에게 다시 돌아왔다. 이제 완전히 혼자라고 느끼는 그녀가
무조건 누군가와 닿기 위해 한밤중에 전화기를 들고 있다. 안구 종
양으로 얼마 전 두 눈을 적출하여 완전히 시력을 잃은 한 사람의
방에 전화벨이 울린다. "두려워하면서도 그 누구인가를 기다려"온
그들은 "아무런 말도 하지 않고 각각 다른 어둠에 둘러싸인 채로"
서로에게 위로가 되어준다.(「퀜세라」) 아들이 신원 미상의 뼈로 발
견된 뒤 그 뼈를 담았던 항아리에 맹물을 담아 술을 빚는 의식을
거르지 않는 할아버지가 있다. 예쁜 여자가 되고 싶었던 할아버지
는 그 "비법인 술"로 만든 잼을 사람들에게 나누어주는 '잼 마마'로
통한다.(「아코디언, 아코디언」) 헤어짐에 대해 아무 변명도 설명도

하지 않고 이별 통보 후 매번 외면하는 애인을 죽이고 싶은 여자의 복수심이나(「마리 오 정원」), 죽어가는 아내 옆에서 그저 지켜보아야만 하는 남편의 처연함 심경도(「아칸소스테가」) 이들 각자에게만 유난히 보이는 숨은 빛의 배후다.

이런 사연들, 흔해빠진 말이지만 그것 말고는 아무것도 아닌 '상실의 고통(들)'이 잔뜩 모여 있다. 그 고통이 이들을 "거대한 눈물나무"(「마누 다락방」)가 되게 했고, 이들의 현실을 그처럼 다른 실감으로 구성하고 채색했겠다. 아들을 잃고 애인을 잃고 아버지를 잃고, 눈을 잃었고 목숨을 잃게 될 사람들이 믿는 현실, '잃음'이 '없음'이 될 수는 없을 때 생겨난 세계가 이런 이야기들이 된다. 아들이 남긴 부서진 아코디언으로 이상하고 아름다운 연주를 하면서(「아코디언, 아코디언」), 돌아올 아들을 가장 먼저 발견할 수 있는 다락방을 잠시도 떠나지 않으면서(「마누 다락방」), 혼령인지 귀신인지 모를 기억의 인자, 시간의 인자와 평생을 함께하며 배고프고 고단한 자들에게 먹을 것과 쉴 곳을 제공하면서(「숨은 빛」), 매일 아침 세상 모든 사람들과 나누어 먹을 수 있는 커다란 치즈케이크를 만들면서(「모퉁이를 돌면」), 이들은 열심히, 열심히 살고 있다. 마치 이미 겪은 상실 그 이후로 하나의 유일한 세상을 갖게 되었다는 듯이, 그로 인해서만 자신은 "오직" 자신으로 살 수 있다는 듯이 그 겪음을 이고 있다. 상실, 부재 등의 사실을 억지로 부인한다는 뜻은 아니다. 무엇이 '없다'는 사실을 외면하기 위해 도피하는 것이 아니라 그 사실을 수락하기 위해 싸우는 것이다.

　여기서 중요한 것은, 이들이 진짜로, '불행'하지 않다는 사실이다. 이들은 고통에 갇혀 울부짖지 않고 슬픔에 싸여 울적하지 않다. 아니, 사실을 말하자면 이들은 "행복한 사람도 불행한 사람도 아니"(「아칸소스테가」)지만, "자신들만의 방식"으로 매일매일 "일종의 축제를"(「모퉁이를 돌면」) 벌일 뿐이다. 상실과 싸우는 것이 뜻하는 것은, 그것을 부정하려는 의지가 아니라 이미 그것을 긍정하였다는 사실이다. 개인 역사의 진행을 인정하지 않을 수 없다면 일상을 좋은 방향으로 이끄는 수밖에 없다고 이들은 생각한다. 뭔가를 잃었다고 꼭 변해야 하는 것은 아니며 자신만의 적당한 보폭으로 걷는 것이 중요하다. 이것이 이 소설집의 모든 이야기들에 품어져 있는 메시지다. 다른 사람들의 눈에 "아름답거나 근사하진 않아도 세상의 규칙에서 스스로 밀려 나와 살아가는" 이들, "사람들과 다른 규칙을 살아가는" 이들의 삶은 세상에서 가장 용감한 모습이기도 하다는 것. 이들은 "이해받지 못하는 외로움의 무게"(「아코디언, 아코디언」)만큼 끊임없이 이어지는 수많은 이야기를 가지고 있기 때문이라는 것. 이 메시지를 전면에 두고서 이야기들은 "진심으로, 그리고 간절한 마음으로 원하는 게 중요"하다고 끈질기게 항변한다.

3. 음악 없이 춤추지 말라

하지만 이들은, 통상적인 세계의 범상한 일상에 무조건 적대감을 표하는 사이비 신비주의자는 아니다. 이들은 "보이지 않는 것이 더 위안이 될 수 있다"고 믿을 때도 자기들의 방식에 대해서라면 그저 "나쁘지 않아"(「모퉁이를 돌면」)라고만 말하는 정도의 여유를 가지고 있다. 저 바람은 분명히 나의 귀에 한 영혼의 존재를 알려주었다고 우기는 게 아니라 바람의 영혼이 아니라도 상관은 없다고 차분히 가라앉은 목소리로 중얼거릴 뿐이다. "어둡게 반짝거리는 슬픔"도 "조금만 자세히 들여다보면 보이는 것"(「아코디언, 아코디언」)이라고 알려주려 할 뿐이다. 그러니 이들은 자기가 보고 싶은 것을 본다고 해서 남들이 보는 것을 못 보는 것은 아니다. 이들은 오히려 남들이 조금 보는 것도 더 많이 보는 자들이다. 자기가 믿고 싶은 것을 지키느라 모두가 신봉하는 '현실' 세계의 질서를 이들은 무시하지 않는다.

다만 이들은, "고통에서 비롯되었을 모든 이야기들. 그것을 잊지 않고 간직했기에 누군가의 고통을 나누고 치유할 수 있"(「마누다락방」)음에 대해서는 조금 자신이 있는 편이다. 스스로를 다독인 그 긍정의 힘이 자기 바깥으로도 좋은 에너지를 흘릴 수 있음을 잘 안다. 때로 우리는 "나를 전혀 알지 못하는 누군가가 필요"하다는 점에서 모두 같은 처지라면, 어둠 속에서 두려워하며 아무라도 기다렸을 불면의 밤들에 기꺼이 자기를 내어줄 준비가 되어 있다. "잘 지내라든지, 건강해야 한다든지, 그것이 무엇이든 빨리 헤어 나오라든지 그런 말은 하지 않"지만, 또 "뜨거운 기름에 발가락 하나를 담그든 발목까지 담그든, 중요한 것은 얼마만큼 빠르게 발을 빼내느냐 하는 거라는 어설픈 위로도 하지 않"고 인사치레 같은 것도 하지 않지만, 괴로운 누군가에게 "전화를 끊지 않겠단 약속을 지켜"(「켄세라」)주는 마음과 행동이 가장 정확한 위로임을 이들은 잘 알고 있다.

이런 위로의 절차를 상징적으로 보여주는 작품이 「마리 오 정원」이다. "원(怨)이 서린 독(毒)"을 심어서 "저주를 기원하는 시간"을 준비하는 한 여자가 있다. 설명 없이 돌아선 애인에 대한 미움으로 그를 죽이고 싶다. 향을 피우고 촛불을 켜고 제단에 과일과 음식을 가져다 놓고서 주문을 외우며 원을 돌기도 하면서 주술 의식이 거행된다. 그러나 이 모든 의례의 끝에서 마음의 평화를 얻는 것은 주술사인 마리의 "아득한 눈"을 보며 눈물 고인 듯 뜨겁게 축축한 그녀의 손을 잡은 때였다. 마리의 아픔, "그리움이나 핏줄에 대한 열망을 덮어버린 원망"에 대해 알게 되었을 때였다. 결국 "떠나가는 존재들의 상실을 감당하는 일"이란 자기의 고통을 알아줄 누군가가 세상에 있다는 것뿐이었다. 가장 필요한 것은 "저주가 서린 마음"을 내려놓고 "복수의 칼끝이 결국은 자신을 겨누는 것과 다르지 않음을 깨닫는 일", "그보다 더 고통스럽고 힘든 과정은 내 안에 숨어 있을 무언가를 인정하고 받아들이는 일"에 다름 아니라는 것.

「마누 다락방」의 마누 할아버지, 「모퉁이를 돌면」의 미세스 로렌스, 「숨은 빛」의 소피아 할머니, 「아코디언, 아코디언」의 여장 남자 할아버지, 이들 모두가 실은 지독한 상실을 제 것으로 삼았기에 다른 이들의 아픔에 지극한 위로를 퍼뜨리는 주술사들이다. 속 넓고 속 깊은 이 현자(賢者)들이 조제하는 술, 잼, 비스킷, 카르다몸, 오렌지파이, 빠에야, 스크램블, 치즈케이크 같은 음식들 혹은 서툰 아코디언 연주 소리나 그림만 있는 책을 읽어주는 이야기 등이 다 이 의례(儀禮)의 절차에 소요되는 제물이고 말이다.

사람들은 마누의 이야기를 잠자코 들었다. 어떤 사람은 이야기가 끝나면 죽은 부모님 이름을 부르며 어린아이처럼 울었다. 어떤 이는 마누가 들려주는 이야기 중간 중간 코를 팽, 하고 풀었고, 어떤 이는 강아지처럼 낑낑거리며 웃었다. 마을의 치안을 맡고 있는 남자는 살인 사건 피해자의 환영에 시달렸던 과거를 고백하기도 했다.(「마누 다락방」, 86쪽)

상갓집에서 연주를 청하러 오는 일도 있었다. 공사장에서 다리 다쳤거나, 혼자 살아가는 사람이거나, 가족이 죽었거나, 가난하거나 우울한 일이 있다고 할아버지를 찾았다. 예전보다 많은 양의 잼을 만들었다. 나무 주걱으로 잼을 젓는 할아버지 어깨가 으쓱으쓱 들썩거렸다. 모두 비법 술 덕분인 것 같았다.(「아코디언, 아코디언」, 146쪽)

아픈 우리에게 필요한 위로와 안식은 의외로 가까이에 아주 소박하게 이미 놓여 있는 건지도 모른다. 약간 비밀스러운 공감과 마법사가 등장하는 동화 같은 이야기, 이상하고 엉뚱하게 아름다운 음악 소리, 아직 온기가 남은 달콤한 음식들만으로도 아픔으로 독이 올랐던 우리는 금세 착해지고, 체념으로 힘을 잃었던 우리는 다시 일어설 수 있을 것만 같다. 물론 모든 애도 작업의 끝은 "결국 자신이 만드는"(「마누 다락방」) 것일 테다. 아픈 이들이 원하는 것은, 자신의 마음 세계에 대한 온전한 독해(讀解)도, 무조건적인 이해만도 아닐 것이다.

그러나 이들은 자기들을 이해하지 못하는 사람들에게도 "지금은 보이지 않던 것들이 언젠가는 눈에 들어올 날이 오기도"(「아칸소스테가」) 한다는 것을 조금쯤 알려주고 싶은 것 같다. "자세히 보지 않으면 그게 빛인지도 모르고 지나칠 만큼 연약한 빛"(「숨은 빛」)이지만, 누구에게나 그것을 불러낼 능력과 이유가 있을 거라고 말해주는 것 같다. 보이는 것만 본다면, 세상은 음악 없이 춤추는 것처럼 보이지 않겠느냐고 혹은 그림은 없고 글자만 빼곡한 동화책을 보는 듯 따분하지 않겠느냐며, 망막에 맺힌 상들만을 진짜로 아는 우리를 은근히 자극한다. 세계는 사실 "페이지마다 글씨는 없고 직접 손으로 그린 그림들만 가득"한 그림책 같은 거라고, 하늘과 땅을 가득 채운 이 그림들은 읽는 자에 따라 "불쑥 앞으로 튀어나오고 불쑥 뒤로 물러"서기도 하는 것이라고 재차 주지시키면서(「마누 다락방」). 그러니까 사실 이들은 묻고 있는 것이다, 당신들이 사는 세상에는 어떤 그림이 있고 어떤 음악이 흐르느냐고.

4. 글자들 사이의 공기(空氣)를 위하여

글자로 가득 찬 세계에 사는 우리들이 그림도 보고 소리도 듣기 위해서는, 현자들의 위로와 주술 같은 치유보다 더 근본적으로 필요한 것이 있다. 이 소설집에 넘쳐 나는 이국/이색의 사물, 이름, 취향 들은, 이들의 감각적 세계가 시공간의 구체적 지표들과 무관하게 솟아난 소망 세계라는 까닭 외에도, 구체적 지표들을 지워야만 힘을 발하는 감각들에게로 우리를 이끌기 위한 전략차 등장했을 것이다. 이 책을 읽다 보면 다채로운 묘사문들이 시청각은 물론 후각, 촉각, 미각을 공략해오는 대목을 지루할 새 없이 만나게 된다. 소리와 냄새와 맛, 피부 느낌까지 읽는 이의 뇌세포에 흠뻑 스며들곤 한다. 그에 대한 무슨 설명보다는 직접 읽으면 좋을 몇 부분을 옮겨본다.

소리

"미리 뿌려놓은 땅콩이나 건포도를 주워 먹으러 오는 새들이 지저 귀는 소리, 널어놓은 빨래가 바람을 타고 살짝 펄럭이는 소리를 들으며"(「숨은 빛」, 33~34쪽)

"언제부턴가 삼층집은 높고 낮은 음을 내는 피리가 되었다. 사십 년을 한자리에서 버텨온 언덕배기의 거대한 집은 바람이 불 때마다 우웅, 하는 소리를 냈다. (……) 아키 아줌마가 떠나고 나자 삼층집이 내는 휘파람 소리와 바람에 흔들리는 종소리만이 집 안을 메웠다."(「마누 다락방」, 89쪽)

"어느 순간 종소리 사이로 누군가 웅얼거리는 말이 들려오기 시작했다. 얀은 자신의 귀를 의심했지만 분명 종이 울리며 내는 소리였다."(「마누 다락방」, 94쪽)

"라파엘이 부는 팬플루트는 아주 가벼운 소리를 냈다. 풀잎을 훑는 소리였다. 모래를 쓸어가는 소리였다. 강의 수면을 스치는 소리였다. 대나무 숲을 가르는 소리였다. 바닥에 쌓인 눈을 허공으로 흩날리는 소리였다. 개울을 흐르는 소리였다. 햇볕에 바짝 마른 나뭇잎이 바스락대는 소리였다. 새카만 눈동자를 가진 아이가 손등으로 눈물을 훔치는 소리였다."(「켄세라」, 154쪽)

냄새와 맛

"나는 잠시 멈춰 서서 크게 숨을 들이켰다. 습습한 소나무 냄새가 배어 있었다. (……) 오래된 낙엽이 삭는 냄새와 젖은 풀 냄새가 뒤섞인 정원 한가운데로 들어서자 마음이 낮게 가라앉기 시작했다.” (「마리 오 정원」, 41~42쪽)

“그는 자루에서 카르다몸 한 주먹을 꺼냈다. 아키 아줌마가 했던 것처럼 초록색 껍질을 벗긴 씨앗을 갈아 넣고 끓였다. 특이한 향신료 냄새가 수증기에 섞여 주방 안을 떠돌았다. 그것은 언뜻 초콜릿 냄새 같기도 했다.”(「마누 다락방」, 90쪽)

“커피는 아주 달고 뒷맛이 텁텁했지만, 미세스 로렌스가 만들어준 커피와는 또 다른 맛이 느껴졌다. 미세스 로렌스가 만든 커피는 흰빛의 담박한 맛을 내는 데 비해, 남자의 커피는 차지고 코믹한 맛이 났다. 하지만 그 둘은 분명 어딘지 모르게 닮은 구석이 있었다.”(「모퉁이를 돌면」, 111쪽)

“과육이 뭉근하게 물러지는 동안엔 고개를 돌리는 곳마다 습기 머금은 공기가 출렁였다. 잼이 끓기 시작하면 나는 습관처럼 코를 벌름거리게 되었다. 어느 날부턴가 잼을 만들지 않는데도, 적당히 물러진 특유의 잼 냄새가 코끝을 따라다녔다.”(「아코디언, 아코디언」, 135쪽)

피부 느낌

“몸 전체가 따뜻한 수증기로 가득 차오르는 것 같은 느낌”(「숨은 빛」, 13쪽)

"묽은 어둠이 내린 하늘과 맞닿은 대나무 숲이 한 덩어리로 춤을 추었다. 바람이 스칠 때마다 웅크린 몸에 한기가 일었다."(「마리 오 정원」, 41쪽)

"누군가 귀에 대고 후욱, 입김을 불어 넣는 거야. 우리는 그것이 아들아이라는 걸 단박에 알아챘지. 녀석이 우리 곁에 있다는 걸."(「모퉁이를 돌면」, 115쪽)

"방에 누워 있으면 기차의 움직임을 따라 우우, 뒤통수가 울렸다. 집 안의 모든 것들이 우우, 조금씩 살아 움직였다."(「아코디언, 아코디언」, 135쪽)

우리들의 이 세계는 이미, 울리고 스치고 쓸리고 흐르고 흩날리고 가르는 소리들과, 젖고 마르고 젖어가고 말라가는 냄새들과, 입김 울림 한기 온기로 살갗에 엄습하는 느낌들로 충분히 적셔진 세계다. 우리가 그것들을 제 몸으로 만지지 못하는 한, 세계를 지배하는 무수한 글자들은 어떤 낯선 기표들보다도 더 막연할 것이다. 이 책의 이야기들에서 처음 듣는 이름을 달고 나타난 숱한 사람과 사물과 공간들이 아득하기보다 다정하게 느껴지는 까닭이 여기에 있다. 그것들의 이름을 읽으라기보다는 그 이름들이 풍기는 기분을 맞으라고 부러 도드라지는 말들을 불러왔겠다. 그러고는 저 촘촘한 묘사들로 그 기분을 북돋운다.

이 책의 이야기들은 하나도 어렵지 않다. 딱딱하거나 기묘하거나 까다롭지 않다는 뜻이다. 잃어서 아프고, 아픈 만큼 단단해지고, 단단한 자들이 넉넉하며, 그 넉넉함을 빌려 누구나 자기를 다 독일 수 있다는 자연스러운 발상 안에서 대부분의 이야기들이 쓰였기 때문이다. 그러나 꾸며댄 것이 특별히 없는 발상이기에 더욱, 그것이 척박한 글자들로 현현하기 위해서는 마리, 마누, 얀, 아킴테라, 켄세라, 라파엘, 로렌스, 소피아, 푸엘라, 아칸소스테가, 글루미 선데이 등의 기표들이 노출하는 반들반들한 이물감이 필요했으리라. 맨 앞에서 이 이야기들의 첫인상을 얘기하면서 한 번 말했지만, 이는 먼 데 있는 상상을 가까이 있는 현실로 끌어오는 것이 아니라 우리를 둘러싼 공기가 먼 데까지 이어져 있음을 알게 되는 일이다. 이 팽창된 느낌 안에서 이 이야기들은 우웅, 낮은 바람 소리를 낸다. 오렌지빛으로 빛난다. 딱딱하고 기묘하고 까다로운 이야기들 틈에 들큰한 냄새를 퍼뜨린다. 어쩐지 낭만적이다.

변하는 것들

까다롭고 예민해졌다는 소리를 듣는다.

원래 그렇게 종알거렸느냐고 더러 묻는 사람이 생겼다.

서재의 책꽂이가 두 개 늘었다.

하이힐보다 운동화에 눈길이 먼저 가닿는다.

책으로만 보았던 소설가들을 선배님이라고 부르게 되었다.

달력과 시계를 자주 들여다본다.

진짜 무서운 것이 무엇인지 자연스럽게 알게 되었다.

옆에 남아 있는 사람들이 절망스러울 정도로 단출해졌다.

어느 날부터 거울 속의 내 눈동자를 자세히 들여다보지 못한다.

사람이 자기도 모르게 가장 진실해질 때 어떤 표정을 짓는지 어렴풋이 알게 되었다.

어떤 일에 대해서든 가슴앓이가 줄었다.

변하지 않는 것들

어둠에서 솟아오르는 것들을 믿는다.

그것들이 어떤 빛을 띠는지 깨닫는 순간이 찾아올 때마다, 내가 한 겹씩 부드러워지는 과정의 하나라 여긴다.

거절당하는 걸 두려워해 누구에게든 섣불리 몸을 움직이지 않는다.

어스름 지는 저녁 무렵의 코발트빛 하늘에 매번 가슴이 먹먹해진다.

자주 울고 자주 웃는다.

추위나 더위를 심각할 정도로 참지 못한다.

늘 무언가를 엎지르고 깨뜨리고 떨어뜨린다.

적절하게 거절하는 방법을 몰라 하기 싫은 일을 억지로 하기도 한다.

무의미해 보이는 반복을 견뎌낸 결과가 만들어낸 작은 기적들을 알고 있다.

가족 중에서 고집이 가장 세다.

신이 모든 기도를 들어주지는 않으니까, 라고 종종 혼잣말을 한다.

그것이 최선이었다고 생각되면 뒤돌아보지 않는다.

2011년 6월

채현선

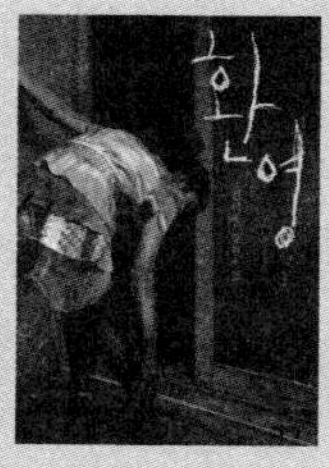

환영 | 김이설 장편소설

자의든 타의든 삶의 벼랑 끝에 내몰려 가족을 위해 자신을 희생하고 타락시켜야만 했던 여자, 윤영. 그녀의 모습을 통해 불공평한 현대사회의 이면을 탄탄하고도 긴장감 넘치는 문체로 재현함으로써 우리가 눈감고 싶은 불편한 현실을 강렬하게 그려냈다.

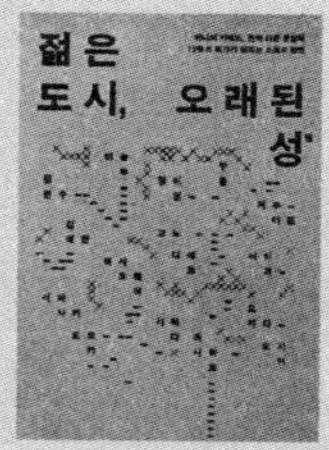

젊은 도시, 오래된 성(性)

| 이승우, 김연수, 정이현, 김애란 외

같은 시간, 다른 공간에서 탄생한 '도시'와 '성(性)'에 관한 이야기! 국내 최초로 시도되는 한중일 문학 교류 프로젝트의 첫번째 결실로, 3국의 작가들이 각각 다른 소재와 서사와 문체로 공통의 주제인 '도시'와 '성'을 말한다.

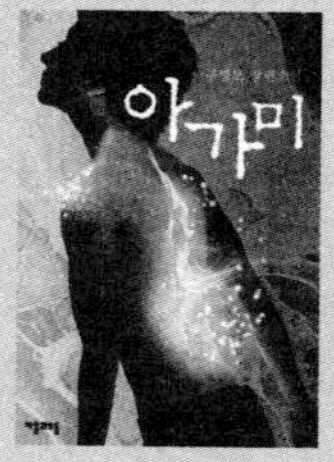

아가미 | 구병모 장편소설

죽음과 맞닥뜨린 순간, 생을 향한 몸부림으로 아가미를 갖게 된 남자와 그를 사랑한 이들의 가혹한 운명을 그린 소설. 작가 특유의 상상력과 개성 넘치는 서사로 절망적인 현실을 판타지적 요소로 반전시킨 참혹하면서도 아름답기 그지없는 작품이다.

15번 진짜 안 와 | 박상 장편소설

삶의 갭을 극복하기 위한 박상의 현실 초월 멜로디! 세상의 경계와 한계에 치여 '선을 넘어버릴 테다'라고 선언한 후 런던으로 떠나버린 고남일의 포기할 수 없는 것에 대한, 살아 있는 것에 대한, 끝내 살아남는 것에 대한 이야기.

일곱 개의 고양이 눈 | 최제훈 장편소설

무한대로 뻗어가지만 결코 반복되지 않는, 단 한 편의 완벽한 미스터리를 꿈꾸다! 하나의 코드 혹은 전체의 서사를 엮어 계속해서 생성되고 소멸되는 이야기의 향연. 출구를 찾을 수 없는 미로 같은 이번 작품은 작가의 무한한 상상력의 결정판이다.

그녀의 집은 어디인가 | 장은진 장편소설

온몸에 전기가 흐르는 여자 제이와 상처를 간직한 채 살아가는 불우한 두 남자 와이와 케이가 제이의 집을 찾아다니는 두 달간의 여정을 보여준다. '고립'과 '소통'에 대한 고민을 따뜻한 어조로 깊고 풍부하게 담아냈다.

옷의 시간들 | 김희진 장편소설

시대에 소외받고 상처받은 현대들이 모여 시름을 나누는 곳, 빨래방. 그곳에서 지금 막 이별한 여자와 이별을 준비하는 남자가 만났다. 누구나 겪을 수밖에 없는 '관계'의 문제를 톡톡 튀는 문장과 무겁지 않은 서사로 경쾌하게 그려냈다.

라이팅 클럽 | 강영숙 장편소설

글쓰기를 빼놓고는 그 삶을 상상조차 할 수 없는 두 여자, 평생 '작가 지망생'으로 살아온 싱글맘 김 작가와 그녀의 딸 영인. 글쓰기란 삶 전체를 대가로 하는 모험일 수밖에 없다는 것을 온몸으로 증명하는 이 두 여자의 이야기다.

비즈니스 | 박범신 장편소설

국내 최초 한·중 동시 연재, 동시 출간! 천민자본주의의 비정한 생리에 일상과 내면이 파괴되어가는 사람들의 풍경을 서늘한 만큼 날카로우면서도 가슴 저리게 그려낸 박범신의 새 장편소설.

살인자의 편지 | 유현산 장편소설

제2회 자음과모음 네오픽션상 수상작. 아무런 흔적도 없이 교수형 매듭의 밧줄을 이용해 연쇄살인을 하는 범인, 그를 추적하는 사람들의 이야기가 등장인물의 심리와 내면에 초점을 맞춰 설득력 있고 박진감 넘치게 전개된다.

브로콜리 평원의 혈투 | 듀나 소설집

흡입력 있는 소설을 쓰는 작가, 듀나의 소설집. 판타스틱하면서도 괴기스럽고, 때로는 당혹스럽기까지 한 거대 우주 프로젝트들, 시공간을 초월한 음모와 비밀들이 거침없이 펼쳐진다.

오렌지 리퍼블릭 | 노희준 장편소설

1990년대 강남 오렌지들의 이야기! 타자화된 욕망에 의해 움직이던 주인공 '준우'가 하나의 주체로 서게 되기까지의 여정을 그린 성장소설. 강남 오렌지들의 유복함 뒤의 상처와 공허, 분노가 작가의 경험을 바탕으로 매우 생생히 그려져 있다.

소현 | 김인숙 장편소설

소현세자의 숨 막히는 운명과 대격변의 정점에 놓여 있던 조선의 얼굴을 장대하면서도 섬세하게 그린 소설. 청나라가 명나라와의 전쟁에서 승리를 거두고 중국 대륙을 제패하던 시점, 소현세자가 볼모 생활을 마치고 환국하던 1645년 전후의 이야기를 담고 있다.

A | 하성란 장편소설

전대미문의 참사 '오대양 사건'을 모티프 삼아, 한 시멘트 공장에서 일어난 의문의 집단 자살을 그렸다. 작가는 소설 속 인물들이, 그리고 소설 밖 우리들이 벼랑 끝에 서 있음을 가감 없이 보여준다.

4월의 물고기 | 권지예 장편소설

"얼마나 더 사랑할 수 있을까?" 천사와 악마를 동시에 사랑한 한 여자의 애절한 사랑. 선과 악이 얽힌 인간의 양면적 본성을 파헤치며 엉킨 실타래처럼 복잡한 사랑의 내면을 조심스럽게 들춰낸다.

오즈의 닥터 | 안보윤 장편소설

제1회 자음과모음 문학상 수상작. 위조되거나 날조된 기억을 안고 살아가는 현대인의 모습을 통해 우리의 기억은 실재하는 것인지 꾸며낸 것인지, 그리고 과연 안전한 것인지를 자문하게 만든다.

마리 오 정원

초판 1쇄 인쇄 2011년 6월 9일
초판 1쇄 발행 2011년 6월 23일

지은이   채현선
펴낸이   강병철
주간   정은영
책임편집   박소이
편집   이수경 황여정 최민석 서지석
제작   장성준
영업   조광진 안재임 강승덕
마케팅   박제연 정지운
웹홍보   정의범 한설희 전소연 이혜미 김성아

펴낸곳   자음과모음
출판등록   2001년 5월 8일 제20-222호
주소   121-753 서울시 마포구 동교동 165-1 미래프라자빌딩 7층
전화   편집부 02) 324-2347 경영지원부 02) 325-6047
팩스   편집부 02) 324-2348 경영지원부 02) 2648-1311
이메일   munhak@jamobook.com
홈페이지   www.jamo21.net

ISBN 978-89-5707-569-2 (03810)